双葉文庫

口入屋用心棒

黄金色の雲

鈴木英治

目次

黄《こ》金《がね》色《いろ》の雲

口入屋用心棒

第一章

一

心を落ち着けるために書物を開いてみたが、中身は一向に頭に入ってこず、庄之助《しょうのすけ》の気持ちの揺れはほとんどおさまらなかった。それどころか、苛立《いらだ》ちがさらに募ってきた。

なんの役にも立たない書物を畳に叩きつけたくなったが、庄之助は奥歯を嚙み締めて、その衝動を抑え込んだ。

——兵庫《ひょうご》め、いくらなんでも遅すぎる。

腰を浮かせて、庄之助は背後を見やった。そちらにはかわせみ屋の勝手口があるが、なんの気配も伝わってこない。

兵庫には、かわせみ屋にやってきたら店の勝手口から訪《おとな》いを入れるようにいっである。しかし、ときおり吹いてくるはずの風が裏の戸をがたつかせていくこともほとんどなく、勝手口は静謐《せいひつ》さを保ち続けている。

読売屋のかわせみ屋のあるじをつとめる庄之助が、南町奉行所《みなみまちぶぎょうしょ》の定廻り同心《じょうまわりどうしん》樺山富士太郎《かばやまふじたろう》を亡き者にするよう、右腕の高田《たかだ》兵庫に命じたのは、今日の昼過ぎのことである。

じきに夜の四つになろうとしているのに、兵庫は姿を見せようとしない。

——しくじったのだろうか。

いやな予感が脳裏をかすめていく。座り直した庄之助は深く息を入れて、再び書物に目を落とした。

——いや、たかが定廻りを一人始末するくらい、兵庫の腕前なら赤子《あかご》の手をひねるも同然であろう。

兵庫は、素晴らしい剣の腕前を誇っているのだ。仮に樺山富士太郎が剣の遣い手であろうとも、兵庫の相手ではないはずだ。

——上覧試合《じょうらんじあい》で二位となったという湯瀬直之進《ゆせなおのしん》が、まるで大したことがなかったゆえな。湯瀬と懇意にしているらしい樺山の腕など、高《たか》が知れておる。

しかしそれならば、なにゆえ兵庫はやってこないのか。

――やはり、樺山殺しは失敗に終わったのか。兵庫は捕らえられたか、討たれたかしてしまったのだろうか。

くそう、と毒づき、庄之助は顔をゆがめた。すぐさまかぶりを振り、今はつまらぬことは考えぬほうがよかろう、と思い直した。

――もっと気楽に構えたほうがよい。兵庫は必ずやってくる。そうに決まっておる。

茶でも飲むか、と庄之助は文机《ふづくえ》の端に置いた湯飲みに手を伸ばした。

夜の五つ頃に自分で淹《い》れたもので、すっかり冷めてしまっていたが、すっきりとした喉越《のどご》しが心地よい。少しだけ気持ちが落ち着いたような気がする。

――茶にはその手の効能があるようだ……。

そんなことを思って、庄之助は空の湯飲みを文机に置いた。

不意に、店の勝手口のほうに人の気配を感じた。次いで、ほとほとと戸を叩く音が聞こえてきた。

――兵庫め、ようやっと来おったか。

書を閉じ、庄之助は安堵の息をついた。

――とにかく無事でなによりだ……。

すっくと立ち上がった庄之助は刀架《とうか》の刀を腰に差し、行灯《あんどん》を手にして部屋を出た。

人けのない廊下を歩き、土間に置かれた下駄を履いた。かわせみ屋の奉公人はすべて帰っており、店には庄之助以外一人もいない。

行灯を土間に置き、庄之助は勝手口の敷居際《しきいぎわ》に立った。

「誰だ」

庄之助は一応、誰何《すいか》した。だが、すぐには返事がなかった。

――妙だ。

眉をひそめた庄之助の両肩に力が入る。

「誰だ」

今度は、声に鋭さをにじませて庄之助はいった。いつでも引き抜けるように刀の鯉口《こいぐち》を切った。

――まさか、兵庫を追ってきた捕り手ではあるまい。

外に立つ気配には、殺気立ったようなものは感じられない。

「私です」

ようやく庄之助の耳に届いたのは、か細い女の声である。

——この声は……。

あわてて心張《しんば》り棒《ぼう》を外し、庄之助は戸を開けた。そこに立っていたのは、案《あん》の定《じょう》、お吟《ぎん》だった。

一瞬、庄之助は、蔦代《つたよ》、と妹の本名を口にしそうになった。今のお吟の姿がどういうわけか、幼い頃のそれに重なったからだ。

お吟は、母犬とはぐれた子犬のように、ひどく心細がっているように見えた。

——しかし、なにゆえお吟がここにおるのだ。向島《むこうじま》からやってきたのだろうが……。

庄之助は、配下たちだけでなく、お吟も恒五郎《つねごろう》の妾宅《しょうたく》から向島の家に移らせたのだ。

「どうした、お吟」

敷居際に立って庄之助は声をかけた。

「ともかく、中へ入れ」

いざなうと、はい、と顎《あご》を引いてお吟が敷居を越えてきた。

戸を閉める前に、庄之助は闇の帳《とばり》が下りている裏庭を見やった。かわせみ屋のぐるりは高い塀《へい》が巡《めぐ》っている。裏庭の塀の向こう側には、一本の道が走っている。

ひっそりしている深夜の道から、人の気配は一切、感じられなかった。

「いったいどうしたというのだ、お吟」

戸を閉めるやいなや、庄之助はほっそりとした両肩をつかんでただした。

――ずいぶんやせたような……。

潤《うる》んだような瞳で、お吟が庄之助を見上げてくる。

「お兄さま、このところ毎夜、旦那さまが夢枕に立つのです」

なんだと、と庄之助は目をみはった。幻に過ぎぬ、というのはたやすい。だが、お吟はそんな言葉を求めてはいないだろう。

「それは穏やかではないな」

慰めの言葉を探して、庄之助はそんなことをまず口にした。

「お吟、眠れぬのか」

「はい、ほとんど眠れません」

お吟はひどく憔悴《しょうすい》しているように見える。

「眠れぬのは、とても辛いことだ」

本心から庄之助はいった。ここしばらく自分もあまり眠れてはいない。たまった疲れが取れた気がしない。

「旦那さまは、きっと私のことをうらんでいるのです。毒を盛って殺したことを、知っているのです。お兄さま、いったいどうしたらよいのでしょう」

すがるような眼差しでお吟にきかれ、うむ、と庄之助は深くうなずいた。

――こういうときこそ、兄らしい助言をしてやるべきだ。

「幽霊退治など、実にたやすいことだ。まずは、部屋の敷居際に盛り塩をすることだ。それから、枕元にお札《ふだ》を置くことも忘れるな」

「盛り塩とお札ですか」

「そうだ。お札はこれでよかろう」

勝手口の壁に貼ってある札を庄之助は丁寧にはがし、お吟に見せた。

「神田明神《かんだみょうじん》のお札だ。これを枕元に置いておけば、恒五郎があらわれるようなことは、もう二度とあるまい」

「でもお兄さま。そのお札には商売繁盛と書いてあります」

お札をひらりと振って、庄之助はにこりとした。

「このお札は、恒五郎がこの壁に貼ったものだ。本人が枕元に立ち、大事なお札を自ら踏みつけるような真似をするはずがなかろう」

「でも、幽霊には足がありません」

「いや、あれは見えぬだけで本当はあるのだ」

「えっ、さようなのですか」

「ああ。見える者には幽霊の足も見えるそうだからな。だからお吟、このお札を枕元に置いておけば、大丈夫だ」

庄之助は、神田明神の札をお吟の手に押しつけた。

「盛り塩とお札の験《げん》で、恒五郎が夢枕に立つことなど二度とない。俺を信じろ」

瞬きのない目で、お吟が庄之助をじっと見上げてくる。

「わかりました」

お吟がこくりとうなずいた。神田明神の札を大事そうに懐にしまう。

「お兄さま、ありがとうございました」

庄之助に向かって、お吟が頭を下げた。踵《きびす》を返そうとする。

「お吟、もう帰るのか」

意外な思いにとらわれて庄之助はたずねた。

「はい、そのつもりです」

振り向いてお吟が首肯《しゅこう》した。

「お吟、少しよいか」

庄之助がいうと、はい、とお吟が答えて向き直った。

「皆、元気にしておるか」

庄之助がお吟にきいたのは、八丈島《はちじようじま》での鯨取《いさなと》りで生死をともにした仲間たちのことだ。恩赦《おんしや》ののち今は庄之助の配下になり、公儀《こうぎ》転覆《てんぷく》の挙《きよ》に加わっている。

庄之助にきかれて、お吟が眉根《まゆね》を寄せる。

「皆さん、お元気なのですが、退屈そうにしていらっしゃいます」

そうであろうな、と庄之助は思った。

「じき決行だ。いかに退屈であろうと、それまで決して気を緩めぬようにいっておいてくれ」

お吟が庄之助をじっと見てくる。

「じきというと、いつになるのですか」

真剣な眼差しをお吟が庄之助に注いでくる。

「五日以内だ」

「わかりました。五日以内ですね。皆さんに伝えます」

「頼む」

お兄さま、とお吟が心配そうな顔で呼びかけてきた。

「こたびの企《くわだ》て、うまくいきそうですか」

「当たり前だ。もう準備万端怠《おこた》りなしだ」

公儀転覆のための武具も人数もまだそろってはいないが、庄之助はまったく慌てていない。必ず手に入れられるという確信がある。

あの、とお吟が控えめな口調でいった。

「お兄さまにこんなことをいうのは、とても無礼な気がいたしますが……」

うつむいてお吟が言葉を途切れさせた。

「どうした、お吟。なんでもいうがよい」

「でも、お兄さまは私の言葉を聞いたら、きっとお怒りになるでしょうから」

「いや、怒らぬ」

お吟を見て庄之助は断言した。

「これまで俺が、一度でもそなたに怒ったことがあったか」

「いえ、ありませぬ。お兄さまはいつもお優しくて……」

「そうであろう。だからお吟、なんでも話すがよい」

「わかりました」

庄之助を見つめてうなずいたお吟が、語りはじめた。

「お兄さまのこたびの策ですが、なにもかもが私には行き当たりばったりに感じられてならぬのです」

なんだと、と庄之助は驚いた。

「お吟、なにをいう。これまですべて筋書通りに進んでおるのだぞ。行き当たりばったりなどでは決してない」

恩赦により、庄之助たちが八丈島から江戸に帰ったのが二年前のことだ。庄之助はすぐさま妹の蔦代をお吟と名乗らせて、かわせみ屋の主人だった恒五郎に近づけ、妾《めかけ》にした。

妾におさまったお吟が庄之助を恒五郎に紹介し、庄之助は子のない恒五郎の養子になり、かわせみ屋の後継者となった。

ずいぶん前から、かわせみ屋の奉公人たちは恒五郎の命で商家の内情を探り出しては弱みを握り、商家のあるじを脅して金をせしめていた。

庄之助は、商家の内実を暴き出す手練《てだれ》の奉公人たちをとにかく手に入れたかった。

家督を継ぐやいなや恒五郎を毒殺してかわせみ屋の実権を握った庄之助は、特に名の知れた江戸の五軒の大店《おおだな》に的をしぼり、手下となった奉公人たちに弱みを探らせた。

隠しておきたいはずの秘密はその五軒からいくらでも出てきて、庄之助はそれを種に主人たちを強請《ゆす》った。

そして四軒の大店から、合計で八千両もの口止め料を得たのだ。

しかし、残りの一軒である材木問屋の横溝屋《よこみぞや》だけは庄之助の脅しに屈せず、金を出そうとしなかった。ならばとばかりに庄之助は一人娘のおたみをかどわかし、身《み》の代《しろ》の一万両を手にしたのである。

合計で一万八千両もの金が、いま向島の家の蔵に隠してある。その家は、庄之助の盟友である沢勢《たくせい》の父親の沢嶺《たくれい》が妾を住まわせていた。沢勢以外に、あの広壮《こうそう》な家のことを知る者はいない。

その一万八千両の金で武具を購《あがな》い、人を集める手はずになっているのだ。五日以内に決行というのは大袈裟《おおげさ》でもなんでもなく、むろん、行き当たりばったりということはあり得ない。

「さようでございますか」

首を縦に動かしてみせたものの、お吟は納得していない顔に見える。

「お吟、いったいどのあたりが行き当たりばったりに思えるのだ」

できるだけ穏やかに庄之助はきいた。

「お兄さまが、なんの考えもなしに、ためらいもなく人を殺してしまうところです」

「俺は、こたびの企てを邪魔立てする者を除いただけに過ぎぬ」

「でも、旦那さまは、別に邪魔立てする人ではなかったはずです」

「そのようなことはない」

すぐさま庄之助は否定した。

「恒五郎はいずれ、邪魔になるのが見えていた。熟考ののち、俺は恒五郎を亡き者にすることに決めたのだ」

「果たしてそうでしょうか」

疑問を呈するようにお吟がいい、首をひねった。

「企ての邪魔ではなく、旦那さまがいては、かわせみ屋を自由にできぬことに気づいたからではありませぬか。私にはお兄さまが行ってきた人殺しは、やはりすべて行き当たりばったりに見えるのです……」

お吟を見つめつつ庄之助は、これまでに俺は誰を殺してきたのか、と頭を巡らせてみた。三人だ、と答えはすぐさま出た。

八丈島での釣りの師匠で庄之助の前身を知っていた呉太郎《ごたろう》、庄之助の正体を元御家人の雪谷鈴太郎《ゆきたにすずたろう》だと見抜いてなにかやらかす気ではないかと疑って身辺を探ってきた岡っ引《おかっぴき》の金之丞《きんのじょう》、そして養父の恒五郎である。

──ほかに殺してはおらぬか。いや、樺山を入れたら四人か……。

樺山の生死は今のところ不明だが、呉太郎と金之丞は、庄之助の正体を知っており、企ての邪魔になることがはっきりしていたから殺した。

恒五郎は、かわせみ屋を手に入れた以上、もはや不要な者でしかなかったから、お吟に毒を飼《か》わせたのだ。それは端《はな》から決まっていたことでしかない。

──いずれも、行き当たりばったりなどでは決してないのだ。

しかし、そのことを今のお吟にいっても、納得はせぬのではないか。庄之助はそんな気がした。

「わかった。これからは行き当たりばったりにならぬよう、何事にも気をつけて行うようにしよう」

空虚な言葉の響きにならないように、庄之助はできるだけ心を込めていった。

わかっていただいてありがとうございます、というようにお吟が深くこうべを垂れた。

「ところでお吟、向島の家では、食事などどうしている」

新たな問いを庄之助は発した。お吟が顔を上げて庄之助を見る。

「近くに仕出し屋がありますから、そのうちお弁当を取ろうと考えています。それと、米や味噌を買い込みました。今宵《こよい》の夕餉《ゆうげ》は私がつくりました」

「そうか。あやつらはお吟手《て》ずからの夕餉を食べられて喜んでおるだろうが、あれだけの人数分の食事をつくるのは、さぞかし大変であろう」

兵庫を抜いても、八人の大食漢《たいしょくかん》がいるのだ。あの者たちの食事をつくる手間は、相当のものに決まっている。

「いえ、忙しいほうが気が紛《まぎ》れますし。――ああ、そうだ、お兄さま」

思いついたようにお吟がいった。

「高田さまのお姿が見えぬのですが、なにか用事をいいつけられたのでございますか」

「ああ、いいつけてある。その用を終えて、じきにここへとやってくるはずだ」

「さようでございますか……」

安心したようにお吟がうなずいたが、こんな深更《しんこう》までかかる用事とはいったいどんなものなのだろうと考えたのが、庄之助には手に取るようにわかった。

「では、私はこれで失礼いたします」

辞儀《じぎ》をして、お吟が勝手口の戸に手をかけた。その前に庄之助は戸を開けてやった。

「すみません」

小腰《こごし》をかがめて、お吟が外に出ていく。それを追うように、庄之助も真っ暗な裏庭に足を踏み出した。

お吟が、塀についている戸に歩み寄る。

「お吟、提灯《ちょうちん》はあるのか」

庄之助はお吟の背中に声をかけた。

「はい、ございます」

懐に手を差し入れ、お吟が折りたたんだ提灯を取り出した。すぐさましゃがみ込み、暗闇の中、手際よく火をつけてみせる。あたりがほんのりと明るくなった。

「お吟、一人で向島まで帰れるか」

お吟の身が案じられてならず、庄之助はたずねた。

「大丈夫です。来たときも一人でしたし」

笑顔でお吟が答えた。その切なげな笑みに、庄之助は心の痛みを覚えた。

「できれば送っていってやりたいが……」

「本当に大丈夫です」

お吟がきっぱりといって手を伸ばし、塀の戸を開けた。

「では、これで失礼します。お兄さまのお顔を見られてよかった」

うれしそうにいって、お吟が戸を抜けた。提灯をそっと掲《かか》げるや、人けのまったくない道を歩き出す。

間を置かずに庄之助も暗い道に出た。

「お吟、気をつけて帰れ」

「承知いたしました」

庄之助を振り返って、お吟が顎を引く。それから前を向き、足早に歩きはじめたが、不意にその場で立ち止まった。振り向いて庄之助を見る。すぐに話し出した。

「私がお兄さまの命《めい》で旦那さまに毒を飼ったことを番所のお役人に話すといったら、お兄さまはどうされますか」

そのお吟の問いに庄之助は瞠目《どうもく》した。

「お吟、公儀に話す気なのか」

「いえ、その気はありませぬ」

かぶりを振ってお吟がはっきりと答えた。

「もし私がそういう真似をすると確信されたら、お兄さまは私の口を封じるのでございますか」

「馬鹿なことをいうな」

あたりに響かないように、庄之助は小声でお吟を一喝《いっかつ》した。

「俺がそなたを害するような真似をするわけがないではないか」

「さようでございますか」

庄之助を見て、お吟が笑みを浮かべる。

「それを聞いて安心いたしました」

くるりと体《たい》を返すと、お吟が再び歩きはじめた。その姿は、闇に吸い込まれるようにあっという間に消えていった。

ただ、提灯の明かりだけは、長いこと見えていた。やがて、それも闇に紛れていった。

──あのようなことをいうとは、もしや、お吟は恒五郎に惚れていたのだろうか。そして恒五郎を殺させた俺をうらんでいるのか……。

それはあるまい、と庄之助は即座に思った。

──恒五郎に惚れていたなら、いくら俺の命でも毒は飼わぬであろう……。それとも、人殺しをさせた俺をうらんでいるのだろうか。

そうかもしれぬ、と庄之助は思った。

──これまでこの世を生きてきて、お吟はまさか自分が人を殺すことになるなど、思いもしなかったであろう。

済まぬ、と庄之助は心中で謝った。

──だがお吟、これも大義のためだ。どうか、こらえてくれ。

心で手を合わせて、庄之助はかわせみ屋の敷地内に戻ろうとした。だが、その場で足を止めることになった。

お吟が去ったのとは逆の方向から、こちらに近づいてくる者がいるのに気づいたからである。

──もしや兵庫ではないか……。

「お頭《かしら》──」

足早に近寄ってきた影が呼びかけてきた。

案の定、兵庫だった。その姿を見て、庄之助は胸をなで下ろした。どこにも怪《け》我《が》など、負っていないようだ。

「遅くなりました」

庄之助の側《そば》に立つや、兵庫が低頭《ていとう》した。

「話はあとだ。まずは入れ」

庄之助は、兵庫以外、道に人影がないのを確かめた。

「はっ」

先に兵庫を入らせて庄之助は塀の戸を閉め、閂《かんぬき》を下ろした。

「兵庫、樺山を殺《や》ったのか」

庄之助を待つように立っていた兵庫に、すぐさまただす。

「いえ、それが……」

恥ずかしげに兵庫がうつむき、言葉を途切れさせた。

「しくじったのか」

「はっ」

申し訳なさそうに兵庫が答えた。身を縮こまらせている。

ため息をつきたくなったが、庄之助はこらえた。すぐに歩きはじめて、勝手口からかわせみ屋の中に入った。

後ろをついてきた兵庫が静かに戸を閉める。

そこに行灯が置いてあるために、土間はほのかに明るい。疲れ切った顔をした兵庫の顔が、庄之助の目に映り込む。

「兵庫、なにゆえしくじった」

詰問《きつもん》口調にならないように気を配って兵庫にきいた。

はっ、と答えて兵庫が委細《いさい》を語った。聞き終えた庄之助は、そうか、とつぶやいた。

「年老いた中間《ちゅうげん》が、身を挺《てい》して樺山を守ったのか……」

「あの中間が飛び出してさえこなければ、それがしの刀は樺山の体をまちがいなく両断しておったのですが……」

いかにも無念そうに兵庫がいった。こいつはまずいことになったな、と庄之助は思った。焦燥《しょうそう》の汗が背筋を粘っこく落ちていく。

——最悪なのではないか。

年老いた中間は、咄嗟《とっさ》に樺山の身代わりになったのだろう。なにも考えずにそんな動きができるということは、その中間にとって、樺山はそれだけ大事な男だったということだ。

――その逆もきっと当てはまろう。

多分、樺山にとっても、その中間は大切な男にちがいないのだ。庄之助は、ぎり、と奥歯を嚙み締めた。

――樺山は本気で探索にかかってくるな。それも樺山だけでなく、町奉行所全体で我らに立ち向かってくるのではないか。

胸に息を入れて庄之助は目を閉じた。

――お吟のいう通り、俺は行き当たりばったりに手を打っているのだろうか。

毒殺したのち、丁重《ていちょう》に葬儀を行い、恒五郎の遺骸は牛込原町《うしごめはらまち》に近い想岩寺《そうがんじ》に葬った。樺山という定廻り同心は恒五郎の墓を暴き、遺骸から毒殺である証拠を入手しようとしたらしいのだ。

そこまでするとはさすがに思っておらず、その報《ほう》を聞いて庄之助は耳を疑った。

――あのとき俺は動転してしまったのかもしれぬ……。

とにかく樺山という定廻り同心は切れるし、やることが庄之助の上を行く。このまま生かしておいてはこちらが危うくなると判断し、兵庫に命じて闇討ちさせたが、予期した以上に樺山は命冥加《いのちみょうが》な男だったのだ。樺山は町奉行所の者に手厚く警護されているに決まっているからだ。

もう一度、命を狙いたいが、もはや無理であろう。

考えてみれば、と庄之助は思案した。定廻り同心を殺してしまえば、町奉行所が総力を挙げてこちらに挑んでくることになる。

樺山を闇討ちにしようとしたのは、と庄之助は思った。

――お吟のいう通り、浅はかだったかもしれぬ……。

だが、今さら悔いても仕方がない。前に突き進むしかない。

「樺山の身代わりになった中間は殺したのか」

目を開けて庄之助は兵庫にたずねた。

「それはわかりませぬ」

唇を嚙み締めて、兵庫が首を横に振る。

「手応えはありましたが……」

生きていようが死んでいようがどちらでもよい、と庄之助は思った。

――結果は同じだ。町奉行所は全力で探索にかかってくる……。

「兵庫、樺山をやり損ねたのはわかったが、なにゆえここ《そこ》に来るのがこれほど遅くなったのだ」

頭に浮かんできた疑問を、庄之助は兵庫にぶつけた。

はっ、と兵庫がいった。

「黄昏時《たそがれどき》にそれがしは南の番所のそばで樺山を襲ったのですが、中間に邪魔立てされたために大勢の役人たちに取り囲まれそうになってしまったのです。あわててその場を逃げ出し、路地や物陰にひそんだりして、追っ手を撒《ま》こうと試みました。五つを過ぎてようやく追っ手の姿が見えなくなり、ここにやってくることができたのです」

「そうであったか」

――樺山を襲わせたのは、わしだと町奉行所の誰もが思っているであろうな……。

それはまちがいない。なにしろ、恒五郎の墓暴きの直後だからだ。墓暴きと樺山の襲撃を関連づけて考えないほうがどうかしている。

――ならば、兵庫のあとをつけている者がおらぬか。

そのことが気になり、庄之助はまた勝手口から外に出た。気息《きそく》をととのえ、塀の向こうの道の気配を嗅いだ。

──ふむ、誰もおらぬ。この分なら、身代わりになった中間は死んでおらぬかもしれぬ。

再び勝手口から中に入って、庄之助は思った。もし年老いた中間が斬られたその場で死んでいたら、樺山が真っ先にここに駆けつけなければおかしい。

中間殺しの証拠はなにもないことを承知で、使嗾《しそう》した者として庄之助を捕縛《ほばく》しに来るはずだからだ。

──樺山が、それをしておらぬということは……。

斬られた中間は今、医者の必死の手当を受けているさなかなのではないだろうか。樺山は、生死の境をさまよっている中間のそばにつきっきりになっているに決まっている。

──この推量は、まちがっておるまい。

それ以外に、樺山がここに姿を見せない理由は考えられないのだ。

とにかく、と庄之助は思った。

──今はあまり動かぬほうがよかろう。

それだけははっきりしているような気がした。

辛そうな顔で押し黙り、土間に立ったままでいる兵庫を見つめつつ、庄之助は軽く息をついた。

二

珠吉《たまきち》のことで頭が一杯になっており、樺山富士太郎は南町奉行所の大門を出たこともろくにわからなかったが、つややかな朝日を浴びて三人の壮齢《そうれい》の男が門前に立っていることに気づき、はっとして立ち止まった。

目をみはり、眼前にいる三人をまじまじと見る。

――嘘だろう……。

目の前に三人がいるにもかかわらず、富士太郎は信じられなかった。

「直之進さん、倉田《くらた》どの、米田屋《よねだや》さん……」

そこには、湯瀬直之進に倉田佐之助《さのすけ》、米田屋琢ノ介《たくすけ》の三人がそろっていたのだ。

富士太郎の身代わりに何者かに斬られて重傷を負った珠吉が南町奉行所内にある中間長屋に運び込まれたあと、目の前の三人はその知らせを聞いてあっという間に駆けつけ、昨夜遅くまで珠吉のそばにつきっきりでいてくれたのである。そこにいてもおぬしらにできることはないゆえ帰って体を休めたほうがよい、と必死に珠吉の手当に当たっている医者の雄哲《ゆうてつ》にいわれ、三人はいったんそれぞれの家に引き上げたが、こんなに早くから、珠吉の安否《あんぴ》を気にしてまた南町奉行所にやってきてくれたのである。

富士太郎は胸が熱くなった。

「富士太郎、珠吉の具合はどうだ」

足を進ませて米田屋琢ノ介がきいてきた。琢ノ介は刀を腰に帯びている。前から使っていた愛刀だろう。日々、口入屋《くちいれや》の商売に精出しているはずだから、ずっと差していなかったはずだが、今日はどうやら気構えがちがうようだ。

「昨夜と同じです」

顔をゆがめるような真似はしたくなく、富士太郎は歯を食いしばって琢ノ介に答えた。

昨日の黄昏時に、珠吉は何者かによって袈裟懸けに斬られた。とにかく出血がひどく、雄哲によれば、臓腑《ぞうふ》もだいぶ傷つけられているということだ。

「珠吉の容体《ようだい》は、今もまったく予断を許しません」

腹に力を込めて、富士太郎は琢ノ介にいった。実際、富士太郎は雄哲から、覚悟を決めておいたほうがよい、とすらいわれているのである。

——つまり珠吉は、いつ死んでもおかしくないんだね……。

今この瞬間にも、珠吉は息を引き取っているかもしれない。富士太郎は珠吉のもとに駆け戻りたくなった。

——まったくおいらの身代わりだなんて、珠吉はなんて馬鹿な真似をしたんだい……。

珠吉のことを思うと、富士太郎は泣き出したくなる。

——でも、もし珠吉が斬られそうになったら、おいらは同じことをするだろうね。

だから、富士太郎には珠吉の気持ちはわかりすぎるほどわかるのである。

「そうか、昨晩と同じか」

富士太郎を見て、琢ノ介が辛そうにつぶやいた。

珠吉を斬られた悔しさが不意に込み上げてきて、富士太郎は下を向いた。ぎゅっと拳を握り締める。

——くそう、くそう、くそう。

珠吉が富士太郎の身代わりに斬撃《ざんげき》をまともに食らった瞬間を思い出すたび、富士太郎の体には強い震えが走る。それは恐怖などではなく、襲ってきた刺客に対する怒りが強すぎるためだ。

——今おいらはどんな顔をしているのだろう。鬼の形相《ぎょうそう》になっていないかな……。

「富士太郎さん——」

富士太郎に歩み寄り、直之進が呼びかけてきた。富士太郎は顔を上げ、穏やかな顔つきになるようにつとめた。

「俺たちは、珠吉を斬った下手人《げしゅにん》を挙げる手伝いをしたくて集まったのだ。どうだろう、富士太郎さん、やらせてもらえぬか」

直之進が真摯《しんし》な表情で申し出てきた。

「もちろんです」

富士太郎は感謝の思いで一杯になった。

——直之進さんたちが手を貸してくれるそうだよ。珠吉、だから決して死んじゃあいけないよ。

「お三人が探索に加わってくださるなら、それがしは百万の味方を得た思いですよ」

今度は、直之進に肩を並べるようにして佐之助が進み出てきた。

「樺山、きさまも知っているだろうが、俺も斬られて何日も生死の境をさまよったことがある。だが、なんとか死なずに、今はこうして元気にしておる。だから珠吉も大丈夫だとはいえぬが、深手《ふかで》ゆえに必ず死ぬとも限らぬ。樺山、とにかく希望を捨てぬことだ」

佐之助の励ましが、富士太郎の心にしみた。

「はい、よくわかりました」

佐之助を見つめ返して富士太郎はいった。間を置かずに言葉を続ける。

「珠吉は、きっと大丈夫だとそれがしは思っています。珠吉は、これから生まれてくるそれがしの子を抱くまで死にませんよ、と前にいっておりました。だから、あのくらいのことでは決してくたばらないと、それがしは思います」

「その意気だ」

佐之助に向かって、富士太郎はきっぱりとした口調で告げた。

富士太郎を褒めたたえるようにいった佐之助が、樺山、と呼びかけてきた。

「俺も、湯瀬と同じ気持ちだ。珠吉を斬った者、そしてその背後にいる者に、やり返したくてならぬ」

強い決意を声音《こわね》ににじませて、佐之助がいった。佐之助の目は、明らかにかわせみ屋のあるじの庄之助を見据えている。

「倉田どの、まことにかたじけなく存じます」

佐之助に向かって富士太郎は再び低頭した。

「富士太郎、わしとて同じだぞ」

自分のことを忘れるなといわんばかりに、琢ノ介が前に出てきた。

「珠吉はまだ死んでおらんが、わしも珠吉の仇《かたき》を討ちたくてならんのだ」

憤怒《ふんぬ》の思いを露わに琢ノ介がいう。

「わしは珠吉と、納太刀《おさめだち》のために大山《おおやま》へ一緒に行った仲だ。珠吉が伊勢参《いせまい》りに行くときも、その供をするつもりでおる。その珠吉が凶刃《きょうじん》に倒れた。わしは珠吉の無念を晴らさねばならんのだ」

いつものつかみどころのない琢ノ介ではなく、本気で珠吉の仇を討ちたがっているのが富士太郎に伝わってきた。

――米田屋さんが、珠吉のためにこんなに必死になってくれるなんて……。

琢ノ介のその姿に富士太郎は胸を打たれた。

「米田屋さん、本当にありがとうございます」

富士太郎の腰は自然に折れていた。

「なに、富士太郎、礼などよい」

いつものようにおおらかに琢ノ介がいった。

樺山、と佐之助が呼んできた。

「いつまでも立ち話をしているのももったいないゆえ、本題に入ろうではないか」

「はい、わかりました」

佐之助を見返して富士太郎は姿勢を正した。

「よいか、樺山、きさまが采配《さいはい》を振るのだ。きさまが命じる通りに、俺たちは動くつもりでおるゆえ」

なんとしても下手人や庄之助に報復したいという佐之助たちの強い気持ちが、富士太郎の心に懸河《けんが》の勢いで流れ込んできた。

「わ、わかりました」

ごくりと唾を飲み、富士太郎は背筋を伸ばした。佐之助たちに気圧《けお》されないように、両足を踏ん張る。

「ではお言葉に甘えて、それがしがお三人の仕事の割り振りをさせていただきます」

直之進、佐之助、琢ノ介の真剣な目が富士太郎に一斉《いっせい》に集まった。

一つ息を入れてから、富士太郎は三人の顔にそれぞれ眼差しを注ぎながら話し出した。

「それがしが襲われ、珠吉が身代わりになって倒れたのは、お三人もすでに考えておられると思いますが、かわせみ屋のあるじの庄之助の使嗾によるものと考えて、まちがいないでしょう」

確信の籠もった声で富士太郎がいうと、佐之助たちがすぐさまうなずいた。

「それがしがなにゆえ庄之助の息のかかった者に襲われたのか。それは、かわせみ屋の元主人の恒五郎の墓暴きをしたことが、庄之助の癇《かん》に障《さわ》ったのでしょう」

その言葉に対しても、佐之助たちが顎を縦に振ってみせる。

「庄之助は、それがしをやつの企みを阻もうとする邪魔者とみて、亡き者にしようと考えたにちがいありません」

そこで富士太郎はいったん口を閉じた。

「一つ、それがしが疑問に思っていることがあります」

言葉を止め、富士太郎は佐之助たちの顔を見回した。

「それがしが恒五郎の墓暴きをしたと、いったい誰が庄之助に知らせたのか」

「想岩寺の住職ではないのか」

即座に琢ノ介がいった。はい、と富士太郎は点頭した。

「それがしも、米田屋さんと同じ考えです。そこで直之進さんにお願いですが、想岩寺の住職の臨鳴《りんめい》どのが庄之助の一味なのか、調べに行ってほしいのです」

直之進を凝視して富士太郎は告げた。

「お安い御用だ」

深いうなずきとともに直之進が請け合った。

「もし臨鳴どのが一味なら、庄之助についてなにか引き出せることがあるはずです」

うむ、と直之進がいった。

「庄之助が手にかけたと思える岡っ引の金之丞や、毒を飼われて殺されたと思える恒五郎に関することだな」

勘よく直之進が口にした。はい、と富士太郎は直之進を見て首肯《しゅこう》した。

「もしかすると、恒五郎の死に臨鳴どのは関わっているのかもしれません。恒五郎の死について知っていることがあるゆえに、それがしが墓暴きをしたことを、あわてて庄之助に知らせたのかもしれません」

「よし、心得た」

決意をみなぎらせて直之進がいった。

「よろしくお願いいたします」

直之進に礼を述べてから富士太郎は佐之助を見つめた。

「倉田どの――」

うむ、といった佐之助の表情がさらに引き締まる。

「このあいだの晩、上野《うえの》の桜源院《おうげんいん》に忍び込んだとき、多くの千両箱が道に置かれた大八車から運び込まれたのを見たと、おっしゃいましたね」

「ああ、確かに見た」

富士太郎を見つめ返して佐之助が顎を引く。

「その金は、庄之助たちが深川《ふかがわ》の横溝屋から、一人娘のおたみをかどわかして奪い取った身の代の一万両ではないかと思います」

「俺も同じ考えだ。そう踏んでまずまちがいあるまい」

「倉田どのに金を見られたことを、庄之助たちは知っているでしょうから、すでにどこかに運び出されたあとかもしれません。しかし倉田どのにはもう一度、桜源院に行っていただき、一万両の金があるかどうか、確かめてほしいのです」

「それは樺山、俺に桜源院に忍び込めといっておるのか」

佐之助の問いを聞いて、富士太郎は小さく笑んだ。珠吉がやられて以来、久しぶりに笑ったような気がする。

「どのような手立てを取るか、その点については倉田どのにお任せします。どうか、よろしくお願いいたします」

「承知した」

深いうなずきとともに佐之助がいった。富士太郎は間髪《かんはつ》を容《い》れずに続けた。

「横溝屋からの一万両だけでなく、庄之助たちは、弱みを握った四軒の大店から二千両ずつ強請り取ったようなのです。ですので、桜源院には、いま一万八千両にも及ぶ金があるかもしれません」

「そいつは、すごいな」

目を丸くして佐之助がいった。

「それだけの大金は、公儀転覆のための軍用金ということで、まちがいないな」

富士太郎に確認するように佐之助がいった。

「はい、おっしゃる通りです」

佐之助を見やって、富士太郎は大きくうなずいた。

「軍用金を見られたからといって庄之助は、胸に秘めた野望を、まだあきらめておらぬでしょう。執念深さでは蛇にもまさり、一度はじめたことを中途であきらめるような男とも思えません。一万八千両もの大金は、これから武器や軍勢の調達に使うつもりでいるのは、疑いようがありません」

つまり、と佐之助が腕組みをしていった。

「その軍用金を我らが押さえてしまえば、庄之助の野望は潰《つい》えることになるのではないか」

「おっしゃる通りです」

仮に一万八千両の軍用金を富士太郎たちが押さえることに成功しても、庄之助はまた同じように公儀転覆を企んで、大店を強請ることを繰り返すかもしれない。

だが、その前に富士太郎は庄之助をお縄にする気でいる。

――珠吉のためにも、必ず庄之助を捕らえないとならないよ。

「庄之助の当初の目論見《もくろみ》は五軒の大店から二千両ずつを強請り取り、全部で一万両を集めることだったのでしょうが、横溝屋が強請に屈しなかったことで、逆に八千両もの金の上積みができたのでしょうね」

「よし、わかった」

佐之助が納得したような声を発した。

「とにかく、一万八千両の金を探し出させればよいのだな。もし桜源院で見つけたら、きさまに知らせればよいか」

富士太郎をじっと見て、佐之助が確かめるようにきいてきた。

「はい、是非そうしてください。一万八千両もの金を倉田どのだけで運び出すことは、まず無理でしょうから」

なにしろ、中身の詰まった千両箱は一つ六貫近くあるのだ。大八車があれば運べるだろうが、十八個もの千両箱を積むだけで、いくら強靭《きょうじん》な佐之助といえども、疲れ果ててしまうにちがいない。

「ただし、それがしも番所にはいないことのほうが多いと思いますので、倉田どのからつなぎが届いた際は、それがしの上役の荒俣《あらまた》土岐《とき》之助《のすけ》さまに必ず達するように、話を通しておきます」

「よろしく頼む」

「承知いたしました」

富士太郎は深く顎を引いた。

「それから倉田どの」

「なにかな」

「桜源院の沢勢和尚が、庄之助の一味であるのはまちがいありません。ですので、桜源院に忍び入《い》るのであれば、注意してください」

わかった、と佐之助がいった。

「それで、沢勢は引っ捕らえずともよいのか。俺がふん縛《じば》ってここまで連れてきてやる。庄之助に関して、やつが知っていることは少なくないはずだ。仮に桜源院に金がなくとも、ありかを知っているかもしれぬ」

「しかし、相手は寺の住職ですからね。町方が手を下すとなると、いろいろと難しいものがあります」

「寺社奉行との絡みが出てきてしまうわけか」

「住職を捕らえるとなると、寺社奉行の許しを得ないとなりません。今はそんな手間をかけてはいられませんので、今回は桜源院にあるかもしれない軍用金を調べることだけに専心していただけませんか」

「承知した」

「それで富士太郎――」

また足を踏み出して琢ノ介が横からいった。

「わしはなにをすればよい」

顎をなでながら下を向き、琢ノ介にどうしてもらえばよいか、富士太郎は思案した。

――直之進さんと倉田どのは、秀士館《しゅうしかん》の師範代をつとめていて剣の腕は前より上がっているはずだけど、米田屋さんは口入屋稼業に専念しはじめてだいぶたつものね。昔の腕前はもうないんじゃないかなあ……。

庄之助の一件について探索をやらせて、もし万が一、琢ノ介が死んでしまうようなことがあれば、屋台骨《やたいぼね》を失った米田屋は一気に傾いてしまうだろう。

――米田屋さんに、危うい真似をさせるわけにはいかないよ。

それに、直之進と佐之助に命じた以上のことを、富士太郎は思いつけなかった。

――ここはしようがないね。

決意をかためた富士太郎は、面《おもて》を上げて琢ノ介を見た。

「せっかく来ていただいたのにまことに申し訳ないのですが、米田屋さんは商売に励んでください」

「わしに引き上げろというのか。冗談ではないぞ」

珍しく琢ノ介が息巻くようにいった。富士太郎、顔が紅潮し、目が怒りに燃えていた。

「割り当てる仕事がないのなら、わしはおまえの用心棒をつとめることにする」

「えっ、用心棒ですか……」

我知らず富士太郎は目をみはった。そうだ、と琢ノ介が強くいった。

「珠吉が身代わりになったとはいえ、庄之助の刺客《しかく》の本当の狙いは、おまえだったのだろう。だとすれば、またぞろ刺客がおまえを襲ったとしても、なんの不思議もないだろうが」

確かにそれは考えられるね、と富士太郎は思った。

――なんといっても、庄之助は執念深そうな男だものね。再びおいらを狙ってくるというのは、十分にあり得ることだよ。

富士太郎さん、と直之進が穏やかな声でいった。

「琢ノ介のいう通りにするのが、よいのではないかと俺は思う」

「俺も同じだ」

すぐさま佐之助が賛同してみせた。

「わかりました」

直之進と佐之助に向かっていってから、富士太郎は琢ノ介に頭を下げた。

「米田屋さんにそれがしの警護についていただくなど、恐縮してしまいますが、どうか、よろしくお願いします」

「おう、任せておけ」

張り切った声を上げて、琢ノ介が胸を叩いてみせた。どん、と琢ノ介の意欲そのものを感じさせるような音が響いて、富士太郎は瞠目した。

「わしもかわせみ屋には、さんざんにやられたからな。その仕返しを是非ともしたいのだ」

「そうでしたね」

すぐさま富士太郎は同意した。琢ノ介はさる乾物問屋から金を脅し取ろうとしたかわせみ屋の奉公人といざこざになったが、その場を見事におさめた。その後、外回りから米田屋に帰ってきたところを襲われ、半死半生の目に遭わされたのだ。

琢ノ介はこてんぱんにやられたが、石頭のおかげでさしたる怪我もなかったが、やはり今もあのときのことがよみがえり、腹が煮えてならないのはまちがいないところだろう。

あれは、おそらく恒五郎の命でかわせみ屋の奉公人がやったのだろうと富士太郎は思っているが、琢ノ介の矛先《ほこさき》が今のあるじの庄之助に向かっても、なんらおかしくはない。むしろ人の気持ちとしては当然のことではないか。

しかし、とすぐに富士太郎は思った。

——いくら奉公人が恥をかかされたからといって米田屋さんに報復するなど、要《い》らないことをしたから、恒五郎は庄之助に殺されてしまったのかもしれないね。

ところで富士太郎、と琢ノ介がいった。

「はい、なんでしょう」

富士太郎は耳を傾けた。

「直之進と倉田がこれからなにをするのかはわかったが、富士太郎自身はどうする気でおるのだ」

真剣な面《おも》持ちで琢ノ介がきいてきた。

「それがしはいったん荒俣さまにお目にかかりますが、その後はお吟に会いに行こうと思っています」

「お吟か。恒五郎を毒殺した張本人だな。お吟は今どこにいるのだ。恒五郎の妾宅に今もおるのか」

琢ノ介に問われて富士太郎は首をひねった。

「正直、それはわかりません。とにかく、まずはお吟が恒五郎と暮らしていた家に行ってみようと、それがしは思っています」

「うむ、それがよかろうな。もし妾宅にいたら、お吟を捕らえるのか」

「場合によっては、そうなるかもしれません。それがしは恒五郎の死について詳しい事情をききたいので、番所に連れてくるのが最もよいのではないかと思います」

「抗《あらが》ったらどうする」

「手荒《てあら》な真似はしたくありませんが、そのときは仕方ないので、ふん縛ることになるかと思います」

「もし捕縛ということになったら、わしの出番か」

「いえ、捕縛は番所の役人の役目ですから、それがしがやります」

富士太郎がおのが決意を口にした途端、樺山、と佐之助が呼んできた。

「今から俺たちは、きさまに命じられた通りのことをしてくるぞ」

「あっ、はい。どうか、よろしくお願いいたします」

佐之助に向かって富士太郎は平身《へいしん》した。軽くうなずいて佐之助が歩き出す。

「では富士太郎さん、行ってくる」

会釈《えしゃく》をして直之進が佐之助のあとに続く。

「よろしくお願いいたします」

富士太郎は直之進にも低頭した。

「よし、富士太郎、俺たちも行くか」

はきはきとした声で、珍ノ介がいざなってきた。

「ああ、その前におまえは荒俣さまに会わなければならんのだったな」

「おっしゃる通りです。米田屋さん、ちょっと行ってきますね。すぐに戻ってきますので、しばしお待ちくださいい」

「うむ、行ってこい」

珍ノ介の見送りを受けて富士太郎は大門《おおもん》を抜け、南町奉行所の母屋《おもや》に入った。

玄関を入り、廊下を進んで与力《よりき》の詰所《つめしょ》を目指す。

「荒俣さま」

土岐之助の詰所の前に立って、富士太郎は中に声をかけた。いつも廊下に座している小者の住吉《じゅうきち》の姿が見えない。なにかの用事で出ているのかもしれない。

「その声は富士太郎だな。入れ」

失礼いたします、と断って富士太郎は腰高障子《こしだかしょうじ》を横に滑らせた。文机の前に座っている土岐之助の顔が見えた。

一礼して富士太郎は敷居を越え、腰高障子を閉めた。土岐之助の前に端座《たんざ》し、腰の長脇差《ながわきざし》をかたわらに置いた。

「珠吉の具合はどうだ」

開口一番、土岐之助が案じ顔できいてきた。実際、昨晩も土岐之助は珠吉のそばに長いことといてくれており、その場を離れがたい思いを抱いていたのはまちがいないが、雄哲に促される形で直之進や佐之助、琢ノ介たちとともに引き上げていったのである。

「珠吉は昨夜と同じです」

土岐之助を凝視《ぎょうし》して富士太郎はいった。

「今も、雄哲先生が懸命に手当してくださっています」

——雄哲先生の手当が無になるようなことは決してないよね。

天を仰いで富士太郎は祈りたくなってくる。

「そうか……」

ため息をつきたそうな顔で、土岐之助がうなずいた。

「それで富士太郎、どうした。わしになにか用があるのだな」

土岐之助にいわれ、富士太郎はすぐさまどういうことになったか、語った。

「ほう、そうか。珠吉の仇を取るためにあの三人が力を貸してくれるというのか。それは実に心強いことだな」

顔をほころばせて土岐之助がいった。

「それで荒俣さま」

姿勢を正して富士太郎は呼びかけた。

「三人のうち米田屋さんはそれがしの警護についてくださるのでよいとして、残る湯瀬どや倉田どのから番所につなぎが入ったときに、必ず荒俣さまのお耳に達するように手配《てくば》りをしていただきたいのです」

「わかった」

間髪を容れずに土岐之助が答えた。

「すぐに命《めい》を出そう」

「かたじけなく存じます」

畳に両手をついて富士太郎は土岐之助に礼を述べた。

「では、行ってまいります」

「富士太郎、珠吉はきっと大丈夫だ」

富士太郎の目をのぞき込むようにして、土岐之助が断言した。

「わしにはわかるのだ。わしは、そなた以上に珠吉との付き合いが長い。珠吉は強靱そのものの男だ。あのくらいでくたばるはずがないぞ」

確かに珠吉は、富士太郎の父親である一太郎《いちたろう》の中間もつとめていた。一太郎の死後、引き継ぐ形で富士太郎は珠吉を中間に据えたのだ。

「そなたも父上から聞いたことがあるかもしれぬが、珠吉は若い頃、捕物《とりもの》で瀕死《ひんし》の重傷を負ったことがある」

「えっ、捕物でございますか」

富士太郎にとって初耳である。

「そうだ。若い頃といっても、珠吉が三十歳くらいであったか。そなたが生まれる十年ばかり前の話だな」

そんなに前の話なんだね、と富士太郎は思った。

「珠吉が捕物で瀕死の重傷とは、いったいどのようなことがあったのですか」

「長く府内《ふない》を騒がせていた押し込みどもの根城《ねじろ》がようやく知れ、わしらは総勢五十名ほどで捕縛に向かった」

五十人とはずいぶん大がかりだね、と富士太郎は、鳥肌が立つような思いを味わった。

――たいていの捕物は、せいぜい三十人くらいだものね……。

それだけその押し込みどもは凶悪で、人数も多かったのではないか。

「わしらは根城を取り囲み、襲いかかった」

はい、と固唾《かたず》をのむような思いで富士太郎はうなずいた。

「やつらは全部で十二人もおってな。中には手練の浪人や棒術の達人もいた。事前の調べでそのことが判明していたから、わしらは五十人もの人数をそろえたのだ」

押し込みの仲間に棒術の達人が加わっていたのか、と富士太郎はさすがに驚くしかない。

「こちらは人数こそ多かったが、押し込みどもは手強く、乱戦《らんせん》になった。その中で一太郎どのの奮戦ぶりはすさまじかった。長脇差で次々に賊どもを打ち倒していきおった」

捕物で父上がそれほどのご活躍をしたのかい、と富士太郎は目をみはるしかなかった。一太郎は四年ばかり前に死んだが、これまで聞いたことがなかった。

「捕手《とりて》たちをひどく悩ませた手練の浪人も、一太郎が相対するやいなや、あっという間に圧倒しはじめた。しかし、手練の浪人と一太郎が戦っている最中、棒術の達人が背後の暗がりから忍び寄っていたのだ」

それはどきどきする局面だね、と富士太郎は息をのんだ。

「棒術の達人が一太郎の首筋をめがけて棒を斜めに振り下ろした瞬間、横から飛び出した者がいた」

それが珠吉なんだね、と富士太郎は胸を熱くした。

「棒術の達人が放った一撃は、珠吉の後頭部を思い切り打った。珠吉はその場に昏倒《こんとう》したが、それに気づいた一太郎が手練の浪人を後回しにして、棒術の達人と戦いはじめた。怒りに打ち震えた一太郎の迫力はすさまじく、棒術の達人は数《すう》瞬《しゅん》で倒された。そのときには手練の浪人もほかの者たちによって捕らえられていた」

「珠吉はどうなったのですか」

「すぐに医者のもとに担ぎ込まれたのだが、頭の骨が折れているのではないかとの診立《みた》てだった」

「えっ、頭の骨が折れたのですか」

「そうだ。それから珠吉は昏々《こんこん》と眠り続けた。なんとか水を飲ませることだけが、医者にできることだった」

「でも、珠吉は助かったのですね」

「その通りだ。半月後、腹が減ったなあ、といっていきなり起き上がり、大あくびをしてみせたそうだ」

「えっ、頭の骨が折れているのにですか」

「それが実は折れていなかったのだ」

「ああ、そうだったのですか」

「その頃、雄哲先生がいらっしゃれば珠吉の診立ても、またちがうものになっていたのだろうが、手当をしたのは別の医者だったからな。その医者も、今はもう鬼籍《きせき》に入《い》ってしまったが……」

「ああ、さようでございましたか」

「その医者は、珠吉が起き上がったとき仰天したそうだ。まるで、骸《むくろ》がむくりと体を起こしたように見えたらしいからな」

「もしそれがしがそのお医者だったら、あまりの恐ろしさに声も出なかったのではないかと思います」

「そうかもしれぬな」

ふふ、と土岐之助が穏やかに笑った。

「もし珠吉が一太郎の身代わりとなっておらなんだら、一太郎は首の骨を折られて死んでいたのではないかといわれておる。棒術の達人は、殺す気で一太郎の首筋を狙ったそうだからな……」

——つまり珠吉は父上の身代わりとなって生死の境をさまよい、今度はおいらの身代わりとなって凶刃《きょうじん》に倒れたんだね。二度も同じことをするなんて珠吉は馬鹿だよ。珠吉らしいといえば、本当にその通りなんだけど……。

それにしても、と富士太郎は思った。珠吉というのはまったくとんでもない男だよ。

それに、珠吉には感謝してもしきれない。もしそのとき一太郎が死んでいたら、富士太郎はこの世に生まれていないのだから。

富士太郎を見て土岐之助が口を開く。

「三十年以上も前のことだから、珠吉も若く体力があった。ゆえに今とは比べられぬかもしれぬが、このときの一件が、珠吉がこたびもきっと大丈夫だというわしの根拠になっておるのだ」

「それがしは、珠吉は大丈夫だと思っておりましたが、今の荒俣さまのお話を聞いて、そのことを確信するに至りました。荒俣さま、お話をお聞かせいただき、まことにありがとうございました」

「なに、礼には及ばぬ。しかし——」

富士太郎を見つめて土岐之助がいった。

「かわせみ屋のあるじの庄之助という男も、実に愚かよな。珠吉を害することで樺山富士太郎という男を、敵に回してしまったのだから。馬鹿な真似をしたものよ」

土岐之助の言葉を耳にして、富士太郎は新たな怒りの炎が体内で立ち上がったのをはっきりと感じた。

「必ず庄之助をお縄にしてみせます」

決意を露わに富士太郎はいった。

「うむ、がんばってこい。わしもそなたの後押しをするゆえ」

「よろしくお願いいたします」

土岐之助に向かって深く頭を下げた富士太郎は、長脇差を手にすっくと立ち上がった。一礼して腰高障子を開け、廊下に出た。土岐之助に再び低頭してから腰高障子を閉め、廊下を足早に歩き出す。

——珠吉の顔を見ていきたいけど、ここは我慢だよ。米田屋さん、きっと待ちくたびれているだろうからね。

大門を抜けて南町奉行所の外に出た富士太郎は、陽射しを浴びて立っている琢ノ介にすぐさま歩み寄った。

「済みません、お待たせしてしまい……」

「いや、構わんよ。わしは待つのは慣れておるからな」

にこにこと笑って琢ノ介がいった。

「慣れているというのは、仕事上で、という意味ですか」

「むろん、そうだ」

晴れ晴れとした顔で琢ノ介がうなずく。

「相手も仕事をしている最中に、わしは店を訪ねていったりするわけだからな。相手の仕事が一段落するまでは、ひたすら待つことも少なくない。待つときは、二刻《ふたとき》もじっと座っていることもあるくらいだ」

　二刻もか、と富士太郎は驚いた。

「やはり口入屋だけが大変なのではないのですね」

「なに、口入屋さんも大変なのではない。仕事で楽なものなど、一つもなかろうよ。わしから見れば、定廻り同心のおまえなど、とんでもない激務としか思えん。江戸市民のために、常に命を張っているわけだからな」

　――珠吉は、おいらのために命を張ってくれたわけだね……。

　昏睡《こんすい》している珠吉の顔が脳裏に浮かび、富士太郎は一瞬、涙ぐみそうになった。だが、それをこらえて琢ノ介を見る。

　それに、と琢ノ介が富士太郎を見つめて言葉を続ける。

「用心棒をしていたときも、わしはひたすら待っていたようなものだからな」

　顔を上げて富士太郎は琢ノ介を見た。

「米田屋さんは、なにを待っていたのですか」

「出番さ。いい方は悪いが、雇い主が襲われるまで、用心棒はなにもせずにひたすら待つのみだからな。夜も寝ずの番で、襲撃者があらわれるのをずっと待っておったからな……」

「ああ、そうなのでしょうね」

琢ノ介の言葉に富士太郎は納得した。

「ゆえに、わしは待つことはなんとも思わん。富士太郎、気にするな」

「はい、よくわかりました」

「では富士太郎、行くとするか」

「そういたしましょう」

富士太郎は琢ノ介とともに道を歩きはじめた。目指すは、お吟が恒五郎と暮らしていた薬王寺門前町にある隠居所である。

「米田屋さん」

南町奉行所から半町《はんちょう》ほど行ったとき、富士太郎は振り返り、琢ノ介を見た。

「米田屋さんはそれがしの後ろにつかれましたが、前でなくともよいのですか」

「ああ、そのことか」

富士太郎は前を向き、耳を傾けた。

「依頼者の前に用心棒が出ていると、依頼者が後ろから襲われたとき、用心棒はなんの対処もできんからな。わしは依頼者の後ろについて、自分の背後の気配をできるだけ嗅ぐようにしておる」

「ああ、そういうものですか。依頼者の前から襲ってくる者に対しては、いち早く依頼者の前に出ればよいということですね」

「その通りだ」

「米田屋さん、頼りにしています。どうか、よろしくお願いします」

任せておけ、と琢ノ介が今度は腰の刀を叩いてみせた。

三

広壮な家を目の前にして、ここに来るのは二度目だな、と思ったが、琢ノ介は別に懐かしさなど覚えなかった。

なにしろあのときは恒五郎の変わり果てた姿を見つけてしまったのだ。

考えてみれば、と琢ノ介は家の戸口を見つめて思った。

――あのときお吟は、恒五郎を毒殺した直後だったのだな。

誰か訪ねてくる者がいないものか、とお吟は物陰にひそみ、ひたすら待っていたのではないか。外に立っていて人に見られるのは得策ではないから、敷地内にいたのは紛れもないだろう。

──そこに、わしはのこのことやってきたのだな……。

お吟に利用されたことに、琢ノ介の中で悔しさが込み上げてきた。

──あの女はやはり女狐《めぎつね》なのだな。わしはまんまとたぶらかされてしまった……。

「米田屋さん、いつまでも立っているわけにはいきません。まいりましょう」

うむ、と琢ノ介は顎を引いた。

先に立った富士太郎が、戸口の前で足を止めた。戸には錠がされているわけではなく、琢ノ介は横に引けば開きそうな気がした。

「頼もう」

朗々《ろうろう》たる声を発して、富士太郎がどんどんと戸を叩く。

だが、家はひっそりとしており、返事らしい声は聞こえてこない。

「ずいぶん静かだな」

琢ノ介がいうと、ええ、富士太郎が応じた。

「やはりお吟はいないのかもしれません」

少し腹立たしさの籠もった声でいい、富士太郎が戸の引手《ひきて》に手を当てた。心張り棒は支《か》われていなかったようで、軽々と戸は動いていった。

戸が開け放たれた瞬間、中からもやっとした熱気のようなものが漂い出てきたのを塚ノ介は感じた。

——これは、留守にしてけっこう長いのではないか。

暗い土間をのぞき見て、塚ノ介はそんな気がした。

「お吟、いるのかい」

中に向かって富士太郎が声を放つ。だが、応《いら》えはない。

人の気配はまったく感じられない。殺気も発せられておらんな、と塚ノ介は思った。

「入らせてもらうよ」

一応という感じで富士太郎が訪いを入れ、敷居をゆっくりと越える。

富士太郎に向かって襲いかかってくる者は、なかった。

塚ノ介も土間に入り込んだ。薄暗い家の中に目を光らせる。

——無人だな。

家の中をくまなく調べずとも、塚ノ介にはそのことがわかった。

だからといって、富士太郎は中を調べることを怠るわけにはいかないようで、塚ノ介はそのあとをついて回った。

琢ノ介は、恒五郎が倒れていたところを見た。死顔《しにがお》は毒殺とは思えないほど安らかなものだったような気がするが、すでに記憶は曖昧《あいまい》になっている。もしかしたら、口から泡を吹いていたかもしれない。

「この家にお吟はおりませんね」

残念そうに富士太郎がいった。

「うむ、まさしくもぬけの殻《から》だな」

わかっていたこととはいえ、琢ノ介の中で悔しさが募《つの》ってきた。

「しかし米田屋さん。お吟がいないのは、当たり前のことでしかありません」

「富士太郎の中ではすでに織り込み済みということだな」

「ここに来る前にも申し上げましたが、お吟はもうおらぬのではないかと、端《はな》から思っていました。米田屋さん、無駄足を踏ませてしまい、申し訳ありませんでした」

富士太郎が深くこうべを垂れた。

「いや、わしはおまえの用心棒に過ぎぬ。おまえのあとをどこまでもついていくだけゆえ、謝ることはない」

「ありがとうございます」

礼をいって富士太郎が顔を上げる。

「ならば富士太郎、いまお吟はどこにいるのかな。兄のいるかわせみ屋か」

「かもしれません」

「ならばかわせみ屋に行くか」

「ええ、早速まいりましょう。庄之助に会えるのなら、ちょうどいいですし」

「なにがちょうどいいんだ」

「庄之助にそれがしの思いの丈《たけ》をぶつけるのに、恰好《かっこう》の機会だと考えたのです」

お吟が暮らしていた家から、かわせみ屋は目と鼻の先だ。

歩き出すと、すぐにかわせみ屋の建物は見えてきた。店が開いている証である暖簾《のれん》が店先にかかっているわけではないが、どうやら人は中にいるようだな、と琢ノ介は思った。

――異様に大きな気の塊《かたまり》が感じられるが、あれは庄之助の発しているものだろう。

かわせみ屋の戸はしっかりと閉まっていたが、富士太郎が手荒に叩いた。

「はい、どちらさまでしょう」

凄《すご》みのある声が聞こえ、次いで臆病窓《おくびょうまど》が開いて中から光る二つの目が富士太郎を見た。

──こいつは庄之助ではないな。

大きな気の塊は、今も奥に居座ったままのように塚ノ介には思える。

「おいらは樺山富士太郎というよ。南の番所の同心だ。庄之助に会いたい。いるかい」

どう答えようか、臆病窓を開けた男は迷ったようだ。

「庄之助がいるのはわかっておるぞ」

前に踏み出して塚ノ介は告げた。

「だから、居留守など使っても無駄だ」

「はい、確かに旦那さまはいらっしゃいますが、町方のお役人に果たしてお目にかかるかどうか……」

「とにかく、庄之助がおいらに会うかどうか、きいてきてくれ」

声に厳しさをにじませて富士太郎がいった。

「わかりました」

ぱたりと音を立てて臆病窓が閉じられた。

しばらくして、大きな気の塊が、ずいと動いたのを塚ノ介は感じた。それがすぐ近くまで寄ってきた。

「富士太郎、本人が来たぞ」

前に立つ富士太郎の耳に、琢ノ介はささやきかけた。

「えっ、まことですか」

振り返った富士太郎が、目をみはって問うてきた。

「ああ、まちがいない」

揺るぎのない確信があり、琢ノ介は深くうなずいてみせた。

臆病窓ではなく、くぐり戸が開いた。一人の男が、そこから外にのそりと出てきた。

庄之助である。足を踏ん張り、富士太郎が庄之助をにらみつけたのが、琢ノ介にはわかった。おそらく炎を噴き出しそうな目をしているのではあるまいか。

だが庄之助に動じたところは見えない。おや、と琢ノ介を見て庄之助がいった。

「樺山さまだけでなく、米田屋さんも一緒でしたか。さて樺山さま、なにか手前に御用でしょうか」

富士太郎を見つめて庄之助がきいた。

「お吟に話をききたいんだけど、今どこにいるんだい」

「さあ……」

わからないとばかりに、庄之助がかぶりを振った。

「とぼけるのかい」

富士太郎が鋭い口調で庄之助を詰問《きつもん》した。

「いえ、とぼけてなどおりませんが……」

困ったな、という顔を庄之助がしてみせる。

「樺山さま、舅《しゅうと》どのの家には行かれましたか」

「行ったよ。だが、お吟はあの家にはいなかった」

「ならば、手前には、ちとわかりかねますね」

軽く首をひねって庄之助が答えた。

「ここにはいないのかい」

「おりませんよ。なんなら、店の中をくまなく見ていただいても、構いませんよ」

「だったら、そうさせてもらうよ」

庄之助を押しのけるようにして富士太郎が足を踏み出し、くぐり戸に身を入れた。庄之助が、富士太郎のあとに琢ノ介を続かせようとした。

「かわせみ屋、おまえさんが先に行ってくれるか」

「ええ、いいですよ」

首を縦に動かした庄之助が、くぐり戸に体を沈めようとする。無防備な背中が琢ノ介の前にあらわれた。斬ってしまいたい、という強い衝動に琢ノ介は駆られた。

――この男を斬ってしまえば、すべてが終わるではないか。

だが、琢ノ介の右手はまったく動かなかった。一瞬のちには庄之助の姿が消えていた。

――くそう。

唇を嚙み締めて、琢ノ介はその場に立ちすくんだ。

――わしはやつに気圧されてしまった……。

だが、仮に刀を抜いて斬りかかっていたとしても、琢ノ介の斬撃は庄之助に当たらなかったにちがいない。あっさりとよけられていたのではあるまいか。

――なにしろ、直之進ですら相手にならなかった男らしいからな。

斬りかかっていたら、どうなっていたのだろう。返り討ちにされていただろうか。

——いや、そんなことを考える意味すらないな。とにかくわしの手は動かなんだのだ。

虚《むな》しさを覚えつつ、琢ノ介は薄暗い土間に立った。

土間で雪駄《せった》を脱いで、富士太郎がさっさと畳の間に上がっている。富士太郎を一人にするわけにはいかず、琢ノ介も沓脱石《くつぬぎいし》で雪駄を脱いだ。

富士太郎と二人で店の中を見て回った。読売の種を得るために奉公人は出払っているのではないかと琢ノ介は思っていたが、紙を刷っている奉公人が二人ばかりおり、こちらを胡散臭《うさんくさ》そうに見てきた。

——おまえらのほうがよほど胡散臭いのだ。

二人の奉公人を琢ノ介は見返した。面《おもて》を伏せ、二人がすぐに仕事に戻る。

勝手口から裏庭に出て、そちらも確かめてみたが、お吟はいなかった。

「どうですか、おわかりになりましたか」

勝ち誇ったような声で庄之助がいった。

「おまえさん、最後にお吟と会ったのはいつのことだい」

「舅《しゅうと》どのの葬儀のときです」

「それを最後に会っていないのかい」

「ええ、ここ最近お吟の姿は見ておりませんねえ」

うそぶくように庄之助がいった。

「新しい男ができて、その家にでも転がりこんでおるのではないでしょうか」

「お吟という女が、そんな尻軽とは思えないんだけどね」

「ところで、樺山さまはなぜお吟を捜しているのですか」

そんなのはわかりきっているはずなのに、と琢ノ介は驚いた。

――この庄之助という男はぬけぬけと、よくこんなことがいえるものだな。

「お吟が恒五郎に毒を飼ったからさ」

平静さを感じさせる声で富士太郎が答えた。

「えっ、お吟が舅どのに毒を……」

まるでなにも知らなかったかのように、庄之助が呆然《ぼうぜん》としてみせる。

「ああ、そうだよ。しかもそれはおまえさんの命だね」

「とんでもない」

「おいらは、お吟から詳しい話を聞くつもりなのさ」

「だから、捜し回っていらっしゃるんですか。お役に立てず、まことに申し訳ありません」

庄之助が、いかにも済まなそうな顔をつくった。

「おまえさん、その顔は芝居にしては下手だね。大根役者だよ」

「いえ、手前は芝居などしておりませんが」

「いや、見え透いた芝居でしかないよ。おいらの目はごまかせない」

「畏《おそ》れ入ります」

薄ら笑いを浮かべて庄之助が腰を折った。

富士太郎が庄之助をにらみつける。張り倒してやりたいという気持ちを必死に抑え込んでいるのが、琢ノ介にはわかった。

「いいかい、かわせみ屋庄之助」

宣《せん》するように富士太郎が庄之助にいった。

「おいらはおまえを必ずとっ捕まえて、珠吉の仇を討つからね。首を洗って待っていな」

「珠吉さんというのは、どなたですか」

すっとぼけた声を庄之助が出した。

「おいらの大事な中間だよ。おまえは手を出しちゃならない者に手を出したんだ。その報《むく》いは必ず受けなければならないよ」
憤然《ふんぜん》としていって富士太郎が踵《きびす》を返した。すぐさま琢ノ介はそのあとに続いた。

第二章

一

想岩寺の山門をくぐり抜けた途端、冷たい風が正面から音を立てて吹き寄せてきたが、ただ、袴《はかま》の裾《すそ》をわずかに乱しただけだった。

凜とした姿勢を崩すことなく、直之進は境内《けいだい》に足を踏み入れた。最初に踏んだ石畳の上で立ち止まり、境内を見渡す。

石畳をまっすぐ行った突き当たりに本堂が建ち、その左側に石垣で足場がかためられた鐘楼《しょうろう》がある。そこには、ひときわ大きな鐘が吊り下がっていた。

本堂の右側に寺務所《じむしょ》らしい建物があり、そのさらに横に庫裡《くり》と思える平屋が建っていた。

広々とした境内には参拝人や寺男の姿はなく、ひっそりとしている。

どこからか、煙草《たばこ》のにおいが漂ってきた。線香とは、明らかにちがう。姿は見えないが、本堂の裏手に鬱蒼《うっそう》と茂る林の中で煙草を吸っている者がいるようだ。まさか住職ではあるまい。参拝者かもしれない。

——さて、住職の臨鳴どのはどこにいるのかな。

本堂から読経《どきょう》の声は響いてこない。とうに朝の勤行《ごんぎょう》は終わったのだろう。すぐさま足を踏み出し、直之進は寺務所を目指した。寺務所の前に立つと、厚みのある重い戸を開け、ごめん、と中に向かって声を放った。

三畳ほどの広さがある板敷きの間《ま》は無人でがらんとしており、なんの反応もなかった。直之進はもう一度、ごめん、といった。

はい、と奥のほうから響きのよい声で応えがあり、すぐに廊下を渡ってくる足音が聞こえてきた。

人影が映り込んだ直後、腰高障子がからりと横に滑っていき、頭をつるつるにした男が顔をのぞかせた。

いらっしゃいませ、と直之進に頭を下げて三畳の板敷きの間に入ってきた。男は作務衣《さむえ》を着ており、歳の頃は四十半ばくらいではないかと思えた。

直之進の前に端座し、男がこうべを垂れた。

「しかし源七《げんしち》はどこに行きおったのだ……。また外で煙草を吸っておるのだな。まったく怠《なま》け癖《ぐせ》がついて困ったものだ……」

忌々《いまいま》しげな顔で男がつぶやく。その顔を見て直之進は、軽く首をかしげた。

――この男が臨鳴どのではないか。

源七というのは、おそらくこの寺務所に詰めている寺男《てらおとこ》であろう。寺男に小言がいえるのは住職と考えてまちがいあるまい。男が身につけている作務衣もかなり上等なものに見えた。

すぐに面《おもて》を上げ、男が直之進に眼差しを注いできた。

「それで、お侍、なにか御用でございましょうかな」

朗々たる声で男がきいてきた。

――これだけの寺の住職だけあって、さすがによい声をしておるな。

男を見ながら直之進は思った。すでに男を臨鳴と見なしている。

臨鳴とおぼしき男の顔はやや脂ぎっているが、瞳はよく輝いて、まっすぐな心の持ち主のように感じられた。

――性根《しょうね》がねじれた男には見えぬな……。

「住職の臨鳴どのは、いらっしゃいますか」

男を見つめて直之進はきいた。

「拙僧が臨鳴でございます」

直之進を見上げて、男がきっぱりとした口調で答えた。

――やはりそうであったか。

内心でうなずき、直之進は軽く息を入れた。

「それがしは湯瀬直之進と申します」

「湯瀬さまでございますね。お初にお目にかかります」

臨鳴が両手をそろえ、低頭した。このあたりの物腰にも威厳というものが感じられ、なかなかよい僧侶なのではないか、と直之進は思った。

「ところで湯瀬さまは、なにをされているお方でございますか。どこかのお大名の御勤番《ごきんばん》でございますかな」

「いえ、それがしは勤番侍ではありませぬ。今は若者を育てることを目的にした私塾で剣の師範代《しはんだい》をしております」

「ほう、私塾で剣を……。それは、なんという私塾でございますか」

臨鳴どのには俺の身分を告げても大丈夫だろう、と直之進は判断した。

「日暮里《にっぽり》にある秀士館という私塾です」

「ああ、秀士館でございますか」

直之進をじっと見て臨鳴が声を上げた。

「ええ、噂はよく聞いておりますよ。束脩《そくしゅう》を取らず、そのおかげでさまざまな人材が集まってきているとうかがっております。さようですか、湯瀬さまはあの秀士館の剣術の師範代でございますか。拙僧など武芸にはなんの嗜《たしな》みもありませんが、湯瀬さまが素晴らしい手練《てだれ》であるのは、全身から発せられる気でわかりますよ」

「畏《おそ》れ入ります」

直之進は会釈《えしゃく》気味に頭を下げた。しかし、庄之助に対しては相手にならなかったのだ。それだけの腕でしかないという見方もできる。

――だが、庄之助はなんとしてもこの手で倒さねばならぬ。

庄之助という男を乗り越えることができれば、また一つ剣士として成長できるのではあるまいか。

――いや、きっと俺をもう一つ上の段に引き上げてくれよう。

「ところでご住職」

直之進は背筋を伸ばした。

「ご住職にうかがいたいことがあって、まかり越したのです」

「ほう、なんでございましょうかな」

興を抱いたらしく、臨鳴の瞳がさらなる輝きを帯びた。

ためらうことなく直之進は口を開いた。

「このあいだ、かわせみ屋の元主人の恒五郎どのの墓が町奉行所の手で暴かれました。ご存じですね」

「ええ、よく知っていますよ」

声にははっきりとした怒気《どき》をはらませて、臨鳴がいった。

「なんと申しましても、拙僧はその場におりましたからな」

幼子《おさなご》のように真っ赤にした頬をふくらませて、臨鳴は今も腹立たしくてならないという顔である。

「若い町方同心がいうには、なんでも、恒五郎さんが毒殺されたゆえ骸《むくろ》を調べたいからとのことですが、だからといって墓を暴くなど、どんなわけがあろうとも、まったくもって言語道断。仏罰《ぶつばち》が下っても、なんらおかしくない暴挙でございますぞ」

唾を飛ばさん勢いで臨鳴がいい募る。

「その暴挙を拙僧はなんとしても止めようとしましたが、残念ながら町方同心に押し切られましてな……」

無念そうに臨鳴がいって顔をゆがめた。

「あの町方同心には、今頃まちがいなく仏罰は下っておりましょう。なんらかの不幸が訪れているにちがいありません」

いかにも憎々しげに臨鳴が断定した。その言葉を聞いて直之進は目をみはった。

——まさかこの和尚《おしょう》は、珠吉が富士太郎さんの身代わりに斬られたことを知っているのではあるまいな……。

直之進はいぶかるしかなかった。

「湯瀬さま、どうかされましたか」

押し黙った直之進に、臨鳴が不思議そうにきいてきた。

直之進は腹に力を込めた。

「実は、昨日の夕刻、その町方同心に忠実に仕えていた中間が斬られたのです」

「ええっ」

あまりに驚いたせいか、臨鳴の腰が浮き上がった。直之進には、それは芝居には見えなかった。心底、驚いているように思えた。

「それはまた……」

それきり臨鳴が絶句した。しばらくしてようやく驚きから覚《さ》めたらしく、自らにいうように小声でつぶやく。

「あのとき町方同心と一緒にいた年寄りの中間だろうか……」

「ええ、その男です。名を珠吉といいます」

「ああ、やはりさようでしたか」

ばつの悪さを誤魔化すように、首を振り振り臨鳴がいった。

「それで、その珠吉さんという中間はどうなったのです。死んでしまったのですか」

喉仏を上下に動かして臨鳴が問うてきた。

「深手であるのはまちがいありませぬ。今も医者による手当の真っ最中です」

「ああ、さようですか。拙僧が先ほど申し上げた仏罰うんぬんは、決して本心ではありません。怒りっぽくなるような歳ではないのですが、まだまだ修業が足りません。ところで、珠吉さんは助かりそうですか」

「助かってほしいと心から思いますが、今のところはなんともいえませぬ」

さようでございますか、と臨鳴がいった。

「瀕死《ひんし》の重傷なのでございますな。下手人は捕まったのですか」

「いえ、まだです。なんとしても、それがしの手で捕らえたいと思っています」

かたい決意を露《あら》わに直之進はいった。

「さようですか。しかし、そこまで珠吉さんという中間に熱い気持ちを寄せられるとは、湯瀬さまは、あの町方同心とは親しいお付き合いをされておられるのですな」

「町方同心だけでなく、珠吉とも親しくしております」

「それで湯瀬さまは、その珠吉さんを斬った下手人を捜すために当寺にいらしたのですか。もしそうなら、まったくの見当ちがいと申し上げるほかないが……」

「いえ、そうではありませぬ」

すぐさま直之進は否定した。

「それがしがご住職にうかがいたいのは、恒五郎どのの墓暴きの件を、かわせみ屋のあるじの庄之助にお知らせになったかどうかということです」

「ええ、知らせましたよ」

あっさりと臨鳴が肯定した。

「大事な檀家《だんか》のお方の墓が、掘り起こされたのです。今の主人である庄之助さんにお知らせするのは、住職として至極《しごく》当然のことでございましょう」

ご住職、と直之進は呼んだ。

「庄之助どのとは、檀家以外でのお付き合いがありますか」

いったいなにをいっているのだろうという顔で、臨鳴が直之進を見る。

「いえ、それ以外、なにもありませんよ。正直、読売屋というのはあまりいい仕事だとは思っておらぬのですが、けっこう儲かる商売なのか、恒五郎さんの頃から、まとまった額の布施《ふせ》を気前よく渡してくれましてな。それは、庄之助さんに代替わりした今も変わりません。かわせみ屋さんは商売はともかく、当寺にとってとてもありがたい檀家でございますよ」

そういうことだったか、と直之進は思った。

――臨鳴どのは、恒五郎が気前よくくれたお布施が、江戸市中の店などから強請り取ったものと知ったら、どんな顔をするのだろう。

しかし臨鳴という人物は、江戸のどこにでもいる僧侶の一人でしかないのが、直之進の中ではっきりした。

――臨鳴どのは、どうやら庄之助の一味ではなさそうだ。

直之進は断を下した。善良な僧侶が町奉行所の暴挙に仰天して、恒五郎の墓が暴かれたのを庄之助に知らせただけのようだ。

「ところで湯瀬さま……」

深刻そうな顔で、臨鳴が呼びかけてきた。

「もしや庄之助さんが、珠吉さんを斬ったと疑っておられるのですか」

直之進は臨鳴に鋭い目を投げた。

「ご住職。今からそれがしがいうことは他言無用にしてくださいますか」

「むろんです」

きっぱりといって、臨鳴が首を縦に振ってみせた。

「実は、庄之助が珠吉を斬ったのではありませぬ」

そのことをまず直之進ははっきりと告げた。

「庄之助は、配下の者に命じて町方同心を襲わせたのです」

「えっ、町方同心を……。それは、墓を暴きに来ていたあの若い町方同心のことでございますかな」

「さようです」

即座に直之進はうなずいた。

「なにゆえ庄之助さんは、町方同心を襲わせるような真似をしたのですか」

「それはまだわかっておりませぬ」

切れ者の富士太郎が怖くなり、このまま放ってておけぬと思ったからだろうが、それはまだ推測でしかない。

「あの庄之助さんがそのようなことを……」

臨鳴は信じられないという顔だ。

「何度も会っているわけではありませんが、読売屋の跡継ぎとしては珍しく、なかなかの人物に見えましたが……。分厚い気を感じさせるお方で、町人ながら剣の腕も相当なのではないかと思わせるものがありましたな……」

ほかにきくこともなく、直之進は臨鳴の前を去ることにした。

「ではご住職、それがしはこれで失礼いたします」

「わかりました。いろいろとお話しくださり、感謝いたします」

「ご住職、くれぐれも他言無用にお願いいたします」

「ええ、承知していますよ」

真剣な顔で臨鳴が肯《がえ》んじた。

「では失礼いたします」

腰を折って、直之進は辞去《じきょ》の挨拶《あいさつ》をした。寺務所を出て、寺に裏口がないのを素早く見て取った。

山門を目指して、直之進は足早に歩いた。境内には煙草のにおいが今も濃く漂っている。源七という男は、どうやら大の煙草好きのようだ。

山門を抜けて道を歩きはじめた直之進は、想岩寺から少し離れたところにある大きな松の木陰に身を隠した。

そこから想岩寺の山門を眺めた。もし臨鳴が庄之助の一味であるならば、先ほどの直之進との会話の中身を知らせるために、かわせみ屋に走るのではないかと直之進は思ったのである。

もはや念のために過ぎないが、それを探るために、直之進はあえて珠吉の一件を臨鳴に話したのだ。

やはりというべきか、山門を出てくる者は誰もいない。山門は空虚に口を開けているだけのように見えた。

そのとき不意に直之進の耳に届いたのは、いつまでも怠《なま》けているんじゃない、さっさと寺務所に戻るのだ、と源七を厳しく叱る臨鳴の声だった。

それを聞いて直之進は、ふう、と一つ息をついた。

――うむ、臨鳴どのは、庄之助の一味ではなかったな……。だが、ああ怒りっぽいとは、たしかに修業が足りぬな。

一抹の不安を払拭《ふっしょく》した直之進は、松の木陰をあとにした。

――さて、どうするか。

これから南町奉行所に戻るのも芸がない気がする。

――かわせみ屋に行ってみるか。

庄之助と会って話をするかどうかはわからないが、それがよかろう、と直之進は思った。

――行けば、なにか手がかりがつかめるかもしれぬ……。

牛込原町に向かって直之進は歩き出した。

やがてかわせみ屋が見えてきた。

――おや。

二十間ほどの距離を置いて直之進は立ち止まった。富士太郎と琢ノ介が、かわせみ屋から出てきたのが見えたのだ。

もう一人、遅れて出てきた者がいる。

――あれは庄之助ではないか。

富士太郎と琢ノ介の二人は、店先で庄之助となにか話をはじめたようだ。

――ふむ、そうか。お吟は妾宅におらなんだな……。だから、富士太郎さんたちはここまで足を運んだのではないか。もっとも、富士太郎さんは庄之助とじかに話をしたかったのだろうがな。

直之進にも、その気持ちはよくわかる。大事な中間を斬られたのだ。必ずその首を取ってやるとの決意を、庄之助にぶつけなければ気持ちが済まないではないか。

富士太郎は庄之助に、必ず捕らえてやるから首を洗って待っているように、とでもいったにちがいあるまい。

ふと富士太郎が庄之助の前を離れ、そのあとに琢ノ介が続いた。

富士太郎が前で、琢ノ介が付き従うようにしてこちらに歩いてくる。庄之助はしばらく店先に立って富士太郎たちを見送っている様子だったが、やがてかわせみ屋の中に引っ込んでいった。

それを確かめてから、直之進は近づいてきた二人に声をかけた。

「富士太郎さん、琢ノ介」

「あっ、直之進さん」

うれしそうな声を上げて、富士太郎が足早に近寄ってきた。

「直之進、どうしてこんなところにおるのだ」

富士太郎の後ろから琢ノ介が不思議そうにきいてきた。

「想岩寺で住職に話を聞いたあと、こっちに回ってきたのだ」

「それで想岩寺のほうの首尾《しゅび》はどうであった」

勢い込んで琢ノ介がたずねてきた。

「米田屋さん、直之進さん、こんなところで立ち話もなんですから、あそこの茶店に入りませんか」

右手にある茶店を指さし、富士太郎がいざなってきた。

「ああ、それはよいな」

琢ノ介がいい、先に立って歩き出した。直之進たち三人は、店先からやや奥まった縁台《えんだい》に腰を下ろした。

すぐに看板娘によって茶がもたらされた。直之進はさっそく湯飲みを手にし、茶を喫《きっ》した。薄い茶であったが、喉が渇いていたからありがたかった。

「ふう、うまい」

目を細めて茶をすすっていた琢ノ介が嘆声《たんせい》を漏らし、茶托《ちゃたく》に湯飲みを置く。

「それで直之進、首尾はどうであった」

富士太郎も真剣な顔を向けてきた。

「結論からいえば、臨鳴どのは庄之助の一味ではない」

「そうか。ちがったか……」

「それで富士太郎さんたちはどうだった。お吟はいたのか」

「いえ、妾宅にはおりませんでした。妾宅はもぬけの殻です」

「お吟が兄のもとにいるのではないかと踏んで、富士太郎さんたちはかわせみ屋に行ったのか」

「ええ、中をくまなく見せてもらいましたが、お吟の姿はありませんでした」

「庄之助にはどこか隠れ家があるのか」

「あるのでしょうね」

悔しげに富士太郎がいった。

「そこにお吟がいるのは、まちがいないのでしょうが……」

つまり、と直之進は思った。

——俺たちは双方ともに空振りだったというわけか……。

「こうなると、期待は倉田だな」

再び茶を喫して琢ノ介がいった。

直之進も茶を飲んだ。かすかな苦みを舌に感じつつ、倉田は、と思った。

——もうとっくに桜源院に忍び込んだであろうな……。

「倉田なら、きっとなにか手がかりをつかんでくれるであろう」

期待の籠もった声で琢ノ介がいった。

「それがしもそう思います」

まるで珠吉に捧げるように両手で湯飲みを持ち上げた富士太郎が、力強い声で同意した。

その仕草を見て直之進は珠吉を思い出した。

——珠吉は、今もあの深手と戦っているのであろうな。

体を斜めに斬り裂いた傷である。あれだけの傷を受けて、珠吉が今も生きているのが不思議なほどである。

それでも、頼むから死なんでくれ、と直之進は珠吉に向けて祈った。きっと富士太郎も琢ノ介も、同じ気持ちであろう。

「倉田なら、必ずなんとかしてくれよう」

揺るぎない確信のもと、直之進は声に出していった。

大きく開かれた山門の両側に立つ阿吽《あうん》二体の仁王像がにらみつけてきたが、佐之助には正面から桜源院の境内に入るつもりなどさらさらなく、そのまま道を素通りした。

二

——境内のどこから誰が見ているか、わかったものではない……。

いま庄之助が桜源院にいるとも思えないが、慎重を期して動くほうが、よい結果を生むに決まっている。

——先夜《せんや》は庄之助を相手に無様《ぶざま》な戦いぶりをさらしてしまったが、こたびは同じ轍《てつ》は踏まぬ。

かたい決意を胸に佐之助は桜源院の塀沿いを歩き、角を二度、左に曲がった。桜源院の裏手に出る。

こちらは木々が深く、陽射しがほとんど入り込まない細い道になっており、人けはまったくない。さすが、徳川家の霊廟《れいびょう》がある寛永寺近くとあって、静寂の帳《とばり》があたりに下りている。

——よし、乗り越えるとするか。

足を止め、佐之助は眼前の塀を見つめた。どうせ忍び込むなら、端《はな》から躊躇などしないほうがいい。

——兵《へい》は拙速《せっそく》を尊《たっと》ぶというではないか……。

早めの決断こそが最も大事なことだ、と佐之助は思っている。

塀際で跳躍し、一瞬ののちには佐之助は塀の上に腹這《はらば》いになっていた。

その姿勢で境内の様子をうかがう。右手に広がる墓地からか、線香のにおいが漂ってきている。これは、参拝客が墓に手向《たむ》けたものであろう。

腹這ったまま首を伸ばして墓地を眺めると、参拝客の姿は目に入らなかったものの、箒《ほうき》を使って通路を掃いている寺男が見えた。

——ふむ、寺男はあそこか……。

桜源院には、寺男は一人だけのはずだ。少なくとも、前回忍び込んだときは一人しかいなかった。

不意に、佐之助の耳に読経の声が届きはじめた。

——沢勢が経を上げておるのだな。

ならば、沢勢は本堂にいると考えてよいのだろう。佐之助の瞳には、本堂の大きな屋根が映り込んでいる。

境内には離れや寺務所、庫裡、鐘楼などの建物が建っているが、人の気配はほとんど感じられない。

——境内に人がいるとしても、ほんの数人程度だな。やはり庄之助もおらぬようだ……。

あの男の持つ巨大な気を、佐之助は感じ取れない。庄之助は今かわせみ屋にいるのではないか。

沢勢のほかに寺にいるのは、寺男や下女、参拝客くらいのものだろう。どうやら、庄之助の配下らしい者も一人もいないらしい。

——やつらまでおらぬのは、俺に千両箱を運び込むところを見られて根城を移したからとしか考えられぬ……。

となると、と佐之助はさらに思案した。

——軍用金もすでに移されて、ここにはもうないのだろうか……。

だからといって、なにも探ることなく、桜源院を去るわけにはいかない。

——よし、行くか。

決断した佐之助は、塀を飛び降りた。音もなく着地し、木陰にしゃがみ込んであたりの気配をうかがう。静かなものだ。誰も佐之助の侵入に気づいた者はいない。今も読経の声がゆったりと流れてきている。

――庄之助の一味とはいえ、沢勢はなかなかよい声をしておるな……。

庄之助の企みなどに荷担《かたん》せず、規律ある暮らしを送ることだけを心がけていれば、高僧と呼ばれる者になることも、決して夢ではなかったのではないか。

――おそらく僧侶らしい清廉《せいれん》な暮らしなど退屈すぎ、俗世《ぞくせ》のごたごたに常に関わりを持っていたい男なのだろう。

そんなことを思いつつ、佐之助は本堂に近づいていった。

境内の大気は、どことなく重い。清澄《せいちょう》さはまるで感じられず、むしろ沼底の泥のように淀《よど》んでいる。

――これは、よからぬ企みの片棒を担いでいる者が住職だからであろう。

佐之助は経を上げている沢勢の背後に忍びやかに近づき、首を絞めるなどして、軍用金のありかを吐かせるつもりでいる。

――その程度のことで、果たしてあの坊主が白状するかどうかわからぬが……。

本堂の近くに人がいないのを確かめて、佐之助は雪駄を懐にしまい込むと手すりをさっと越えて、音を立てることなく回廊《かいろう》に跳びのった。

忍び足で回廊を進み、本堂の横手の窓から中をのぞき込む。

——むっ。

佐之助が顔をしかめたのは、沢勢が一人ではなかったからだ。

——あの二人は檀家か……。

夫婦らしい年老いた男女が沢勢の後ろに端座し、経にじっと耳を傾けているのだ。あの夫婦が、線香を墓に上げたのかもしれない。

——ならば、仕方あるまい。

すぐさま佐之助は、気持ちを切り替えた。今は、沢勢を締め上げるのはあきらめるしかない。

再び雪駄を履いた佐之助はあたりに人影がないのを見て取り、回廊を飛び下りた。境内を、足早に歩きはじめる。

足を運んだのは、庄之助の配下たちがいたのではないかとおぼしき離れである。

建物はがらんとしており、離れは無人だった。人がそこにいた形跡はこれといってなく、きれいに掃除がされていた。

押し入れの中や床下などもくまなく探してみたが、離れには千両箱は一つも置かれていなかった。

ここに軍用金はない、と判断した佐之助は即座に離れをあとにした。

次に目指したのは、寺務所である。まだ寺男は墓地から戻ってきてはいないようで、人の気配はしていない。

寺務所が無人であるのを気配で確かめてから、佐之助は戸口から土間に入り込んだ。

土間から一段上がった六畳間に、大きめの文机が置かれていた。すぐさま雪駄を脱いで上がり込んだ佐之助は幅広の引出しを開けて、中を調べた。

だが、そこには、この寺の帳簿とどこぞの檀家の過去帳らしいものが入っているだけで、軍用金のありかを示すようなものは一つもなかった。

寺務所は狭く、六畳間の背後に、板戸で仕切られた納戸《なんど》らしい部屋があるだけだった。

納戸の中には三つの簞笥《たんす》が並んでいた。ほかにはなにも置かれておらず、千両箱は一つも見当たらなかった。

納戸に入り込んだ佐之助は、三つの簞笥も調べてみた。

だが、軍用金のありかにつながるような手がかりはなかった。

──よし、次だ。

納戸を出た佐之助は寺務所をあとにし、再び境内に出た。

今も読経の声が、重苦しさを感じさせる大気を伝わって流れてきている。沢勢は本堂を一歩も動いていない様子だ。

佐之助は、沢勢が日々の暮らしを送っているはずの庫裡に向かった。

玄関の前で中の気配を嗅ぎ、庫裡に誰もいないのを確かめてから、脱いだ雪駄を懐にしまい入れて、佐之助は式台に上がった。

式台から廊下に出ると、右手によく手入れされた中庭が望めた。どこで鳴いているのか、鳥の声がかすかに聞こえてきた。

庫裏の中が意外に広いのを、佐之助は知った。六つから七つの部屋が優《ゆう》にありそうだ。

沢勢の居間らしい部屋を、佐之助はまず調べた。

だが、ここにも千両箱はなかった。

──なにか手がかりになりそうなものを探すとするか……。

佐之助は、居間に置かれた大きな箪笥の引出しを一つずつ開けていった。

引出しには雑多な書類が詰まっていたが、いずれも桜源院に関係するもののようだ。軍用金のありかを示す書類ではなかった。

すぐさま居間を出た佐之助は、まだ読経の声が続いていることを確かめてから、沢勢の書斎らしい部屋に入った。

ここにも文机が置かれていた。

すぐに文机の引出しを開けてみた。目に飛び込んできたのは、油紙《あぶらがみ》に包まれた、やや厚みのある書類である。

――これはなんだ。

油紙に包んであるだけでなく、厳重に紐《ひも》で縛ってある。

――どうやら沢勢にとって、大事な書類のようだな……。

ならば、これを見ずに済ませるわけにはいかない。

――もしや、軍用金のありかを示すものではないか。

佐之助の中で、そんな直感が働いた。

慎重に紐を外し、油紙も破らないように取った。書類に目を落とす。

――これは……。

どこかの家の証文らしい。読みはじめると、向島の三囲《みめぐり》神社近くにある家の証文であることが知れた。

——ふむ、この寺には向島に家があるのか。

もしやここに軍用金が隠されているのではないか、と佐之助は考えた。

——やはり重要な書類だったな。

おのれの勘が当たったことが、佐之助は少しだけうれしかった。

さらに証文を読み進めてみた。

この向島の家を購《あがな》ったのは、沢嶺《たくれい》という者である。

——これは何者だろう。そうだ、先日、桜源院の山門前で聞きこみをした際、大村《おおむら》とかいう年寄りがいっていたな。沢勢の父親の沢嶺がここで私塾を開いていたと。

顎をなでて佐之助は思案した。沢嶺という人物が向島の家を購った日付は、今から十五年ばかり前になっている。

——この寺で沢勢の父親らしい年寄りの姿を見たことがないから、もう鬼籍《きせき》に入《い》っているのだろう。

向島の家の以前の持ち主は、今居屋《いまいや》という商家である。この商家が今もあるのか、佐之助は知らない。
――いずれ、なにか向島の家について話を聞くことがあるかもしれぬな。
今居屋という名を、佐之助は脳裏に刻みつけた。
――この向島の家には軍用金が隠されているだけでなく、庄之助の配下ども
も、ひそんでいるのではあるまいか。
きっとそうにちがいない、と佐之助は確信を抱いた。
この証文を外に持ち出す気はない。佐之助は向島の家の場所を、決して忘れな
いように改めて覚え込んだ。
――これでよし。この証文を見た者がいることを、沢勢に悟られぬようにした
ほうがよい。
そう判断した佐之助は油紙で証文を包み込み、紐で縛り直した。
――これでよかろう。
証文を文机の引出しに戻そうとして佐之助は、ふと読経の声がいつしか消えて
いることに気づいた。
それと同時に、人の気配が背後に立ったのを知った。
「なにをしておる」

後ろから鋭い声が発せられた。ちっ、と舌打ちをしつつ、佐之助はさっと振り向いた。

廊下に、怒りに満ちた表情をした沢勢が立っていた。佐之助の顔に目を当て、おっ、と声を漏らした。

「おぬしは、このあいだ訪ねてきた者ではないか」

ほう、と佐之助はいかにも感心したという声を放った。

「覚えておったか」

「当たり前だ」

佐之助を見下すような顔をして、沢勢がいった。

「それにしてもおぬし、この前は、深夜に忍び込んできて痛い目に遭ったはずだが、凝《こ》りもせずにまた忍び込んできおったか……。よほど痛い目に遭うのが好きと見える」

「残念ながら、今日は痛い目に遭う気など、これっぽっちもない」

微笑して佐之助は否定した。

のし、という感じで沢勢が敷居を越え、前に進み出てきた。佐之助が手にしている証文に、眼差しを注いでくる。

「おぬし、盗みを生業《なりわい》にしておるのか」

いかにも不思議そうな顔をつくって沢勢がきいてきた。

「そのようなことがあるはずがなかろう」

たわけ者を見るような目をして、佐之助はかぶりを振った。

「俺は盗人などではない。庄之助の企みをひねりつぶさんとしている者だ」

「やはりそうか」

合点《がてん》したようにいって沢勢が瞳にぎらりとした光を宿し、佐之助を見据えてくる。

「おぬし、その油紙の中身を見たのか」

「見ておらぬ、といったら信ずるか」

「いや、信じぬ」

「そうであろう。ああ、この油紙の中身は、しっかりと改めさせてもらった」

「深川の家の証文であったろう」

鎌をかけるように沢勢がきいてきた。

「なにをいうか。深川ではなく向島であろう」

なるほど、と沢勢がうなずいた。

「おぬし、本当に見たのだな。ならば、もうよかろう。その証文を返すのだ」

足をさらに踏み出して、沢勢が右手を伸ばしてくる。

数歩、後ろに下がって、佐之助は沢勢と距離を置いた。

「もし返さぬといったら、どうする」

冷静な表情を崩すことなく佐之助はきいた。

「決まっておる」

僧侶とは思えない殺気をみなぎらせて、沢勢が断ずるようにいった。

「おぬしを殺すまでよ。殺して証文を奪い取る。それですべて終わろう」

その言葉を聞いて、佐之助は首をひねってみせた。

「果たしてきさまに俺が殺せるかな」

「殺せるさ」

自信ありげにいって、沢勢が頭上に手を掲げた。長押《なげし》にかけてあった槍を手にする。

槍自体は室内でも振るえるようにかなり短いつくりだが、柄が異様に太い。いかにも重そうな槍である。

それを軽々と扱えそうな膂力《りょりょく》が、沢勢にはあるように見える。沢勢の両肩の筋肉が隆々と盛り上がっているのは、いま手にしている槍で鍛えたものかもしれない。

沢勢の姿を目の当たりにして、佐之助はわずかに感心した。

——ほう、これは……。

槍を小脇に抱え込んだ沢勢は、この太平な江戸市中で暮らしている僧侶とはとても思えない。

——まるで、往古《おうこ》に威《い》を振るったという僧兵のようではないか……。

この沢勢という男が、槍をかなり遣うのはまちがいなさそうだ。

もし沢勢が突いてくる槍をよけ損ねたら、一瞬で佐之助は死の沼に我が身を沈めることになろう。

覚悟せよ、と沢勢がいった。

「わしは宝蔵院流《ほうぞういんりゅう》の槍を遣うゆえな」

誇るような声を沢勢が発した。

「確かに、きさまは遣いそうではあるな……」

「褒めてくれるのか。うれしいぞ」

佐之助を見て、沢勢が相好《そうごう》を崩した。

——こやつは、おのれの腕によほどの自信があるのだな。だが、俺がこやつに負けるようなことは決してない。

佐之助は腹に力を込めた。沢勢が腰を落とし、身構える。

「その前に一つきいてもよいか」

沢勢の気合をそらすつもりなどではなく、本当に知りたいことがあって、佐之助は口にした。

「なにをききたい」

むっとした顔で沢勢が問う。

「名の知れた大店から奪い取った金は、この証文の家に隠してあるのか」

証文を掲げて佐之助はいった。

「なんのことだ。わしは金など知らぬ」

目を光らせて、沢勢が首を横に振った。それを見て、ふふ、と佐之助は忍び笑いを漏らした。

「俺がこの前の晩、この寺に運び込まれた千両箱を目にしたことは、きさまも知っておろう。今さらしらばくれて、いったいなんの益があるというのだ」

「うるさい」

癪《しゃく》に障《さわ》ったように沢勢が怒鳴りつけてきた。ふん、と佐之助は鼻を鳴らした。

「まちがいなく金は、この向島の家にあるようだな」

真《ま》一文字《いちもんじ》に口を引き結んだ沢勢は、顔をゆがめて佐之助をにらみつけているだけだ。

「きさまがなにもいわぬのが、答えになっておる。きさまを倒したら、さっそく行ってみることにしよう」

「そうはさせぬ」

激しい口調でいって、沢勢が穂先《ほさき》を佐之助の胸に向けてきた。

穂先自体はほっそりとしているが、白い光をじんわりと帯びたそれは、まるで人の血を吸ったことがあるかのように、異様な迫力に満ちていた。

それでも、佐之助が気圧《けお》されるようなことはなかった。これは、これまで数多くの場数を踏んできたからでもあろう。

それに、と佐之助は思った。

――かなり遣えるといっても庄之助に比べたら、沢勢の腕はだいぶ落ちるようだ。

沢勢を見つめて佐之助は口を開いた。

「向島の家にあるのは、金だけではあるまい。庄之助の配下どもも、そこにひそんでおるのだな」

決めつけるように佐之助はいった。

「うるさい」

再び怒号した沢勢が、佐之助に向かって一気に突進してきた。だが、それは錯覚に過ぎなかった。すぐさま足を止めるや、沢勢はさらに腰を低くし、穂先を畳につけるという構えを見せたのだ。

——俺が抜刀する前に攻撃してくるのかと思ったが、このような構えを取るとは……。

これは宝蔵院流の技の一つだろうな、と佐之助は沢勢を見つめて考えた。宝蔵院流の遣い手とは前に戦ったことがあるが、その者がこのような技を遣ったか、確《かく》たる覚えがない。

油紙の包みを文机の上に置き、佐之助は鯉口《こいぐち》を切った。

それを待っていたかのように、えいっ、と気合を発して沢勢が足を踏み出し、畳を這うように滑らせた槍の穂先を下から突き上げるようにしてきた。

穂先が死角から入ってくるような感じで見にくかったが、佐之助は瞬時に刀を抜き放つや、目の前に迫ってきた穂先をたやすく打ち払った。

きん、と乾いた音を残し、穂先が視界から消えていく。

間髪を容れずに次の一撃がくるかと思ったが、沢勢はさっと後ろに下がって槍を構え直した。

――先ほどの穂先を畳につけた構えは、突きを見えにくくするためだったか。

逆袈裟もそうだが、確かに下からの攻撃は受けにくい。軽く息を入れて佐之助は正眼に刀を構えた。

沢勢はまたちがう構えを取っていた。今度は槍が斜め上に持ち上げられており、穂先は、佐之助の額《ひたい》のあたりをまっすぐ指している。

――俺の顔を狙おうというのか。

佐之助には沢勢の狙いがなんなのかはっきりとつかめなかったが、もしこのまま顔を狙ってきたら、また穂先を打ち払ってやればよい、と思った。

――そうすれば、沢勢の懐ががら空《あ》きになろう。

そこに一撃を叩き込んでやればよい。

――こやつがいったいどんな仕掛けをしてくるか、見物《みもの》だな……。

刀を正眼に構えた佐之助は、落ち着き払っている。沢勢がどんな攻撃をしてこようとも、対処できるとの確信があった。

えいっ、とまたも沢勢が気合をかけて踏み込んできた。槍は明らかに佐之助の顔を狙っていた。

――なんの工夫もないようだ。

穂先が顔に触れんとするまさにその寸前、佐之助は刀を横に払った。またしても、きん、と鋭い音が立ったが、そのとき佐之助は腕に強い力がかかったのを感じた。

沢勢が、佐之助の刀を搦《から》め取《と》らんとして槍をぐるりと回してきたのだ。

――ほう、これが狙いだったか。

もしこのとき佐之助が沢勢の槍の動きに逆らおうとしたら、反動を利用されて刀は手を離れ、飛んでいったにちがいない。

だが、佐之助は沢勢の槍にまず刀を巻き込ませてから、腕から力を緩《ゆる》めつつ、すっと後ろに下がった。

それで、沢勢がつくった槍の渦から刀があっさりと抜けた。刀の自由を取り戻した佐之助は、再び正眼に構えた。

その佐之助の姿を見て、くっ、と沢勢が唇を噛んだ。今の技をこれほどたやすく外した者は、これまでに一人としていなかったのかもしれない。

気を取り直したらしい沢勢が、再び佐之助の胸に的を定めたような構えをした。

——さて、今度の狙いはなんだろうか。

佐之助には、すでに沢勢との戦いを楽しむ余裕があった。

またも沢勢が穂先を斜め上に持ち上げ、佐之助の額に的を定めるような構えを取った。

——こたびは、刀を搦め取ることが狙いではなかろう。

新たな狙いがあるはずだ。

——それはなんなのか。

考えたところで、わかるはずもない。佐之助は、沢勢が仕掛けてくるのをじっと待つことにした。

深く息を吸い込んだらしい沢勢が、えいっ、と声を発して踏み込んできた。穂先が佐之助の顔に伸びてくる。

佐之助はそれを横に払った。だが沢勢の槍は、またもくるりと回った。

——またもや刀を搦め取る気なのか。

もう手がないのか、と一瞬、佐之助はあきれかけたが、沢勢の狙いはそうでなかった。

佐之助の刀の上に出た槍が、蠅《はえ》でも叩くように打ち下ろされたのだ。佐之助の頭を打つことが狙いではないらしく、沢勢の槍は刀の峰を強烈に打った。

がきん、と音がし、佐之助の刀は畳に叩き落とされそうになった。すぐさま槍を上げた沢勢が佐之助のがら空きの胸をめがけて、突きを見舞ってきた。

穂先が佐之助の胸に肉薄《にくはく》してくる。刀を戻していては間に合わない。佐之助はさっと体を開いた。それで、沢勢の槍は横を通り抜けていった。

だが、すぐさま槍が横に振られ、佐之助の体を打とうとする。

沢勢がそういうふうに槍を振ってくるであろうと予測していた佐之助は、腰を曲げることでそれをかわした。頭上を、槍がうなりを立てて通り過ぎていく。

槍をかわしきったところで両足を踏ん張り、佐之助はまた刀を構えた。

むう、と沢勢が佐之助を見つめてうなり、首を横に振った。

「きさま、思いのほかにしぶといな」

沢勢を見やって、ふっ、と佐之助は笑いをこぼした。

「俺程度では、しぶといとはいわぬ。きさまが真にしぶとい者を知らぬだけだ」

佐之助の脳裏には、いま一人の男が浮かんでいる。

——湯瀬、この沢勢という悪業坊主《あくごうぼうず》がきさまと戦ったら、どんな顔をするかな……。

佐之助は心中で直之進に語りかけた。

ふう、と大きく息をついた沢勢が、またも穂先を畳にぴたりとつけた。その姿勢のまま、するすると前に進んでくる。

——今度はなんだ。

そんなことを思った佐之助を間合に入れたとみたか、沢勢が下から槍を振り上げてきた。

最初の攻撃と同じで、見えにくい角度から穂先が上がってきたが、佐之助はしっかりと槍の動きを見極めていた。

穂先に向けて、再び刀を横に払った。きん、と音が立ち、槍が視界から消えていく。

だが、目の覚めるような速さで槍がしごかれ、またも穂先が佐之助の顔に迫ってきた。それを佐之助は刀で上に弾き上げたが、重い槍を打ったためか、腕にしびれが走った。

——これは……。

佐之助はわずかに面食らった。

また素早く槍をしごいた沢勢が、さらに突きを繰り出してきた。

それも佐之助は刀で撥《は》ね上げたが、今度は腕がしびれただけでなく、痛みを感じるほどの衝撃を受けた。

——こいつは……。

さすがに佐之助は瞠目するしかない。

——沢勢、きさまこそ思いのほかやるではないか。

胸中で、佐之助は沢勢に賛辞を送った。痛みのせいで腕が動かしにくくなっており、佐之助はまだ完全に刀を引き戻せていなかった。

それにつけ込むようにして、沢勢が槍を突いてきた。今度の狙いは胸ではなく、明らかに佐之助の顔だった。しかも、右手一本の突きである。

これまで繰り出してきたどの突きよりも速く、そして穂先の伸び方がすさまじかった。

——これほどの腕があるなら、俺を倒せるという自信を持っても、なんら不思議はないな。

刀を横に払っていては間に合わない。佐之助は腕を無理に下ろし、刀の柄《つか》を顔の正面に持ってきた。

ぎりぎりで間に合い、がきん、と強い打撃が柄を襲ってきた。あまりの衝撃の強さに、刀を握った佐之助の体が、ずずず、と畳を滑るように後ろに下がった。

沢勢の槍が、佐之助の刀の柄に深々と食い込んでいた。ほとんど柄を突き抜けそうになっている。

目をみはった沢勢が、槍を刀の柄から引き抜こうとする。だが深く突き刺さりすぎて槍はうまく抜けず、佐之助は刀を沢勢のほうに持っていかれそうになった。

それを無理にこらえようとはせず、佐之助は刀を放り投げるようにした。そのため、沢勢が勢い余って後ろによろけた。

そのときには、佐之助は畳の上を走り出していた。同時に腰の脇差を引き抜く。必死に体勢を立て直そうとしている沢勢に向かって、脇差を振り下ろしていった。

沢勢は槍を上げて脇差を受け止めようとしたが、佐之助の斬撃のほうが遥《はる》かに速かった。

脇差は、沢勢の袈裟を斜めに斬り裂いた。袈裟の胸のあたりが切れた。そこから、鮮血が撒き散らされたように噴き出してきた。

うぅぅ、とうめいたが、歯を食いしばって沢勢が佐之助の刀の柄に食い込んだままの槍を構えようとする。

佐之助は容赦せずに脇差を逆胴《ぎゃくどう》に振った。沢勢の左腕に脇差が入っていく。

その直後、がたん、と大きな音を立てて槍の穂先が畳に落ちた。

沢勢の左腕が両断されていた。切り離された左手は槍の柄《え》をがっちりと握ったままである。重い槍はさすがに右腕だけでは支えきれず、穂先が畳に落ちたのだ。

「や、やりやがったな」

顔をゆがめた沢勢が、憎悪に満ちた目でにらみつけてくる。切断された左腕から、泉の勢いで血が噴き出している。

胸の切り口からはもう血こそ噴き出していないものの、袈裟はすでにちがう色に染められている。血で重たげに濡れていた。

「まだやる気か」

冷静な口調で佐之助はきいた。

「もう決着はついたぞ。きさまに、もはや勝ち目はない」

「く、くそう」

歯噛みした沢勢が、右腕一本で槍を構えようとする。だが、もう力が入らないようで、槍は持ち上がらなかった。

「あきらめろ」

諭《さと》すようにいいながら、佐之助は血振《ちぶ》るいをして脇差を鞘《さや》にしまった。

「あきらめるものか」

喉の奥から吐き出すようにいった沢勢が全身の力を振りしぼったか、槍が徐々に上がっていく。切り離された左手はまだ柄を握ったままだ。穂先には、佐之助の刀もついている。

槍を左脇に挟んで右手を伸ばした沢勢が槍から刀を引き抜いた。

「食らえっ」

叫びざま、沢勢が佐之助に刀を投げつけてきた。

だが、沢勢が投じた刀にはもはや威力のかけらもなく、蚊遣《かや》りの煙にやられた蚊のようにふらふらと飛んできたに過ぎない。

よけるまでのこともなく、佐之助は腕を伸ばし、ぱしっと柄《つか》をつかんだ。それを鮮やかな手つきで納刀する。

その佐之助の姿を見て、ああ、と沢勢が絶望したような声を上げた。ついに力尽きたか、両膝が崩れ、前のめりに畳に倒れていく。

沢勢がうつぶせになった。血のしみがゆっくりと畳の上に広がっていく。顔を横向きにした沢勢の命の火はまだ消えていないが、すでに起き上がるだけの気力も体力も失われているのはまちがいない。

――しかし、この男には思った以上に手こずらされたな……。

これは、佐之助の偽《いつわ》らざる思いである。沢勢は相当の腕を誇っていた。佐之助は実戦での相手のしぶとさを直之進から学んでいた。もしその学びがなかったら、あるいは危うかったかもしれない。

「おい、沢勢」

しゃがみ込んで佐之助は問いかけた。

「金は向島の家にあるのだな」

ぎろりと瞳を動かして佐之助を見ただけで、沢勢はなにもいわない。

「それでよい」

佐之助は穏やかに沢勢にいった。

「きさまがなにもいわずとも、俺はもう確信しておる」

立ち上がった佐之助は、文机の上にある証文の包みを、元通りに引出しにしまった。

——これでよかろう。

振り返ると、目をしっかと見開いたまま、沢勢は息絶えていた。

——あの世ではつまらぬことに荷担《かたん》せず、穏やかな暮らしを送ることだな。

合掌《がっしょう》して目を閉じた佐之助は、沢勢の魂の平穏を願った。

そのとき外から、ご住職、こちらでしょうか、と沢勢を呼ぶ声がした。どうやら寺男が庫裏にやってきたようだ。

目を開け、佐之助は玄関のほうを見やった。

——よし、行くとするか。

素早く廊下に出た佐之助は雪駄を懐から出し、中庭に置かれた沓脱石《くつぬぎいし》でそれを履いた。中庭を突っ切り、庫裏の裏手を目指す。

庫裏の勝手口から外に出た佐之助は、足早に歩きはじめた。振り返ってみたが、佐之助を見ている者など誰もいない。桜源院は静穏《せいおん》さを保っている。

忍び込んだときと同じく、佐之助は桜源院の裏手の塀を乗り越えた。相変わらず人けのない道に降り立つ。

一瞬、向島の家に行きたいという衝動に駆られたが、一人で足を運んだところで、できることは限られている。

――ここは、南の番所に行ったほうがよかろう。

すぐさま佐之助は、南町奉行所を目指して歩きはじめた。

三

南町奉行所の大門をくぐったとき、どういうわけか沢勢の死顔がよみがえってきて、佐之助は、なにかいい残したいことでもあるのか、と問うてみたが、脳裏の沢勢は口を開かず黙ってこちらを見ているだけだ。

――俺にうらみがあるのだろうな。

だが沢勢、と佐之助は南町奉行所の主殿《しゅでん》に向かって足を進めつつ語りかけた。

――あの戦いでは、逆に俺が死んでいたかもしれぬのだ。ただ、俺の腕がきさまの腕をわずかに上回ったに過ぎぬ。

佐之助のほうが沢勢より力が勝《まさ》っていたのはまちがいないし、これまでに踏んできた場数の差が出たのは明らかであろう。

あの重い槍を振るって、沢勢が数多くの実戦をくぐり抜けてきたようには、とても見えなかった。

——もしかすると、俺との戦いが初めての実戦だったかもしれぬ。

確実に命のやり取りになる実戦では型《かた》の美しさなど関係なく、相手の間合に深く踏み込んでいける胆力こそが肝といってよいが、佐之助と戦っている際の沢勢の身ごなしは、まるで稽古をしているかのように美しかった。

——実戦で稽古をしているときと同じような平常心を保っていたのはさすがとしかいいようがないが、あの男は型にとらわれすぎたところがあったように見えたな……。

それが、沢勢の命取りにつながったような気がする。

——結局は場数の差に過ぎなかったのだ。

佐之助は脳裏の沢勢に話しかけた。

それで沢勢の顔はあっさりと消えていった。

——今ので納得したのか。

よくわからなかったが、脳裏から沢勢がいなくなったというのは、そういうことではないか。

それにしても、と石畳を踏み締めつつ佐之助は珠吉のことを思った。

――今どうなっておるのか。果たして無事なのだろうか。

死んでしまうわけがないと佐之助としては、信じたい。

――あの年寄りも湯瀬に劣らず、相当しぶといからな。くたばるようなことはないと、まず思うが……。

しかしながら、六十をいくつか過ぎた身で重傷を負ったというのは、体に相当の負担を強《し》いるのはまちがいない。若い頃なら傷をはねのけられるだけの体力があっても不思議はないが、今の珠吉の歳で果たしてどうだろうか。

――とにかく、珠吉のしぶとさに期待するしかないな。

佐之助ができることは、珠吉がなんとか生き抜いてくれるのを祈ることだけだ。

南町奉行所の玄関を入り、雪駄を脱いだ佐之助は式台に上がり、廊下を歩きはじめた。

与力の荒俣土岐之助の詰所に行ったことはないが、こっちではないか、と気の向くままに佐之助は進んでいった。

途中、奉行所内で働いているとおぼしき若者に出会った。同心か与力に仕えている小者《こもの》ではないかと思える。

「荒俣どのの詰所はこちらでよいのか」

佐之助は若い男に声をかけた。男が立ち止まり、佐之助を控えめに見つめてきた。

「あっ、はい。さようですが、あの、どちらさまでしょうか」

人のよさそうな顔をした男である。

「俺は倉田という。荒俣どのに知らせておきたい儀があってな」

ああ、と合点がいったような声を男が発して佐之助を見た。

「倉田佐之助さまでございますね」

「そうだ」

「では、手前が倉田さまを荒俣さまのお部屋にご案内いたします」

「頼む」

それからほんの五間《ごけん》も行かないところで男が立ち止まった。

――なんだ、どうやら湯瀬たちも来ているようだな。

部屋の中から伝わってくる気配で佐之助はそうと知った。

「荒俣さま――」

腰高障子越しに小者が呼びかけた。

「倉田さまがいらっしゃいました」

「入ってもらってくれ」

中から土岐之助の応えがあった。はっ、と答えて小者が腰高障子を横に滑らせる。

案の定、土岐之助の詰所には直之進や琢ノ介、富士太郎の姿があった。

「皆、おそろいか」

うむ、と直之進が佐之助を見てうなずいた。

「ここに座れ」

直之進にいわれた場所に、佐之助は土岐之助に一礼してから座した。

「なにか手がかりはあったか」

これは横の琢ノ介がきいてきた。

「ああ、あった」

琢ノ介に顔を向けて佐之助はいった。

「なにをつかんだ」

勢い込んで琢ノ介が問う。琢ノ介だけでなく、そこにいる男たち全員の熱の籠もった眼差しが佐之助に向けられた。

桜源院で見た向島の家の証文のことを、佐之助は語った。

「そうか、桜源院には別院があったのか」

弾《はず》んだ声を琢ノ介が上げた。

「別院かどうかわからぬが、俺はそこに軍用金が隠してあるのはまちがいないと思っておる。それに、庄之助の配下も隠れておろう」

「では、今からさっそく向島に向かおうではないか」

張り切った声を琢ノ介が発した。

「その前に荒俣どの、よいか」

居住まいを正して佐之助は土岐之助に声をかけた。

「なにかな」

真剣な目を土岐之助が向けてきた。佐之助は沢勢を殺したことを告げた。

「庄之助の企みに手を貸すなど悪僧だったが、だからといって死んでもよいということにはならぬ。坊主殺せば七代祟《しちだいたた》るなどというが、それについてはどうでもよい。俺としては沢勢を手厚く葬ってほしいのだ。やつとは正々堂々戦ったゆえ

「……」

「わかりもうした」

佐之助を見つめて、土岐之助が深く顎を引いた。

「その旨、それがしが御奉行にご依頼し、寺社奉行に内密にお話しいただくように手回ししておきます。この件は寺社奉行のほうで、きっとうまくやってくれるでしょう」

「よろしく頼む」

土岐之助に向かって佐之助は頭を下げた。

「しかし倉田」

口を開く機会を待っていたように、直之進が呼びかけてきた。

「庄之助は、すぐに沢勢の死を知ることになろうな」

「うむ、その通りだろう。寺男がかわせみ屋に走るにちがいあるまい」

「沢勢の死を聞いて、やつはどう思うかな」

「まずは、沢勢を殺した者を是が非でも捜し出し、殺したいと思うであろうな。ただし、沢勢の死で前途の雲行きが怪しくなっているのは、実感するであろう」

「次は自分が殺されるかもしれぬとは思わぬだろうか」

その言葉に佐之助はかぶりを振った。

「思わぬだろうな。やつは、自分に勝てる者はこの世におらぬと考えておる。やつの足をすくえるとしたら、そのあたりにあるのかもしれぬが……」

なるほどな、と直之進が相槌を打った。

「樺山――」

直之進から目を転じて佐之助は富士太郎に声をかけた。

「なんでしょう」

「珠吉の容体はどうだ」

きかれて富士太郎が眉根を寄せかけたが、すぐに平静な表情をつくってみせた。

「先ほど珠吉の様子を見てきましたが、前と同じです。相変わらず予断は許さないのですが、今のところは小康《しょうこう》を保っています。雄哲先生は容体の急変があるかもしれないということで、小康を得ている今の様子がよくなる兆《きざ》しだとはおっしゃってくれませんが、珠吉はきっと大丈夫だとそれがしは思っています」

それを聞いて、佐之助は少しだけ安心した。

「俺も樺山と同じ思いだ」

なにしろ珠吉は執念深く、佐之助が町奉行所から追われている身だったときは、うるさくてしようがなかった。

——俺を追ってきたあの執念深さで、生きることにも執着してほしいものだ。それにしても、と佐之助は思った。富士太郎と一緒になって必死になって自分を追ってきた男の身を、これほどに案じることになるとは、夢にも思わなかった。

真剣で命のやり取りをしたこともある直之進や琢ノ介のことも含め、人の運命というのはわからぬものだと、縁というものの不思議さを佐之助は思った。

四

急に書物が読みにくくなってきたことで、いつしか夕刻になっていたことを知り、同時に空腹も募ってきていたが、庄之助はまだ書見《しょけん》を続けていたいという気持ちが強かった。

午前中に南町奉行所同心の樺山富士太郎が米田屋琢ノ介とともにかわせみ屋に姿をあらわし、庄之助に戦を宣するような言葉を吐いていった。

そのせいでもっと気持ちが波立つかと思ったが、そんなこともなく、書物の文字の意味は、信じられないほどすんなりと頭に入ってきた。

——これほどまでに心地よい書見は、いつ以来だろうか……。

頭を巡らせてみたものの、庄之助はすぐには思い出せなかった。

——ああ、あれは、呉太郎が持っていた書物を借りて読んだときだな。つまり、こんなに落ち着いた書見をしたのは、島以来ということか。

呉太郎は庄之助が鉄砲洲《てっぽうず》で殺した男である。八丈島では、庄之助の釣りの師匠だった。恩人ともいえる男だったが、庄之助は匕首《あいくち》で刺し殺し、死骸は海に流したのだ。

まさか呉太郎と釣り場で会うことになるとは思わなかった。

——俺の正体を知っている者を、生かしておくわけにはいかなかったからな。あれは仕方のない仕儀《しぎ》だった……。

庄之助が恩赦で八丈島から江戸に戻ったのは、三年前のことである。

——つまり俺は丸三年ものあいだ、これほど中身が頭に入ってくる書見をしたことがなかったということか……。

江戸に戻ってからは、あっという間の三年だった。

——この町に帰り着いて以後、ひどくあわただしかったゆえな……。

八丈島では生きるのに必死だったが、心はいつも平穏だったような気がする。常に飢えてはいたものの、どこかのんびりとした八丈島での暮らしが、庄之助にはたまらなく懐かしかった。

——ああ、また鯨《いさな》を捕りたいものだ。

鯨と真っ向から対決することで喉がひりつくような思いを何度もしたものだが、同時にわくわくと心がたまらず高揚した。

あの気持ちは、江戸では決して味わうことができない。

——どんなに強い敵であろうとも、鯨以上の難敵はおらぬ。

だから、どれほどの腕の持ち主と対峙《たいじ》しても、庄之助が負けるはずがないのだ。

——しかし、なにゆえこれほど心が落ち着いているのか。

腕組みをして庄之助は考えてみた。

だが、答えは出てこなかった。

予定通りに軍用金がそろい、もうじき公儀転覆がうつつのものになるという実感があるからだろうか。

しかし、と庄之助はすぐに思った。

——禍福《かふく》はあざなえる縄のごとしというが、この俺の今の気持ちをどん底に叩き落とすようなことが起きねばよいが……。

いやな予感が胸中をよぎり、庄之助は文机の上の書物を閉じた。すでに、明かりがないと読めないほど、部屋の中は暗くなってきていた。

——そろそろ奉公人たちを帰すか。

立ち上がり、庄之助は自分が店で居間としている八畳間を出た。暗い廊下を歩く。

奉公人たちが読売づくりにいそしんでいる広間に足を踏み入れ、庄之助は声をかけた。広間には煌々《こうこう》と行灯《あんどん》が灯されている。

「皆、ご苦労だった」

「今日は終わりにしてよいぞ」

わかりました、とそこにいる六人の奉公人がほっとしたように声をそろえた。お先に失礼いたします、と六人は庄之助に次々に挨拶をし、疲労の色も見せずに広間をあとにしていく。

ここ最近は、前ほどの頻度で読売を刊行してはいない。だから、奉公人たちが大して疲れていないのも、当たり前のことでしかないのだろう。じき公儀の転覆をうつつのものにしようとしている男が、今さらちまちまと読売など出しても仕方がないのではないか、と庄之助は思うのだ。

公儀転覆のために最も必要な軍用金がそろった今、あとは前に進むのみである。

奉公人たちが家に帰り、がらんとしたかわせみ屋は静かで、庄之助には居心地がとてもよく感じられた。広間で大の字になりたい気分になった。

——やはり、一人というのは悪くない。いや、素晴らしい。

もともと人というのは、一人なのだ。庄之助は友垣などほしいと思わない。若い頃は何人か親しい者がいたこともあったが、今はいらない。友垣など、ただ煩《わずら》わしいだけだ。

俺は一人がよい、と庄之助は思った。

——さて、どこかで飯を食ってくるか。

さすがに空腹が耐えがたいものになっている。かわせみ屋の斜向《はすむ》かいに蕎麦屋《そばや》がある。蕎麦切りはまずまずの味で、庄之助は嫌いではない。

——うむ、蕎麦切りでよいな。

どこかよそに行くのも面倒くさい。腹を満たすだけなら、近くで済ませてしまったほうがよい。

――こうして思い立ったら、すぐに飯が食えるというのはやはりよいな。

このことは、八丈島では考えられなかったことである。

広間の行灯を持ってかわせみ屋の表側に行き、庄之助は土間で雪駄を履いた。

土間に行灯を置き、くぐり戸を開けようとして、むっ、と顔をしかめた。

外から、ただならない足音が聞こえてきたからだ。それがかわせみ屋に近づいてくる。

――まちがいなく、誰かがこの店を目指しているようだな。

庄之助が直感したとき、足音が不意に消えた。かわせみ屋の前で、何者かが立ち止まったようだ。

間髪を容れずに、くぐり戸が叩かれた。

「かわせみ屋さん、いらっしゃいますか」

庄之助を呼ぶ声が耳に届いた。いかにも切羽詰《せっぱつ》まったような声音である。

――しかし、いったいこれは誰だ。

声には、まちがいなく聞き覚えがある。だが思い出せず、庄之助は首をひねるしかなかった。

庄之助は臆病窓を開けてみた。しかし、一人の男が立っているのがわかっただけで、顔はろくに見えない。夜の帳《とばり》が下り、暗さが満ちているせいだ。

「かわせみ屋さん、くぐり戸を開けてもらえますか」

男が懇願するようにいった。

――開けてもらいたいのだったら、名乗ればよい。

腹立たしく思ったが、庄之助はできるだけ丁寧な口調できいた。

「どちらさまですか」

「手前は喜八《きはち》でございます」

名乗って男が臆病窓に顔を近づけてきた。

――喜八だと……。

名は聞いたことがあるような気がするが、庄之助は誰なのかわからない。

――俺は耄碌《もうろく》しはじめているのか。

喜八という男の顔は、暗さのせいでやはりよく見えない。夜目《よめ》が利《き》くはずなのに、と庄之助はじれったかった。

――それにしても、ずいぶんと親しげではないか……。

「どこの喜八さんですか」

「桜源院の寺男の喜八でございます」

いわれて庄之助は、ああ、とようやく思い出した。確かに、桜源院の寺男は喜八という名である。

すぐに庄之助は、くぐり戸の閂《かんぬき》を外した。戸を開ける。

「入ってくれ」

庄之助は喜八にいった。

「ありがとうございます」

礼を述べて喜八が土間に足を踏み入れた。庄之助はくぐり戸を閉めた。

行灯の明かりにほんのりと照らされた喜八は息を荒くし、血相を変えている。

「どうした、なにかあったのか」

すぐさま庄之助はただした。

「はい、ございました」

庄之助をじっと見て、喜八が意を決したように告げる。

「ご住職が亡くなりました」

「なにっ」

さすがに庄之助は、それは考えなかった。自分の形相が変わったのが、はっきりとわかった。

「まことか」

喜八が偽りを口にする必要などないはずだが、庄之助はいわずにはおれなかった。

「は、はい、まことにございます」

庄之助の迫力に気圧されたように喜八が後ずさって答えた。

——なんと。

喜八を呆然と見て、庄之助は驚愕するしかなかった。

「なにゆえ沢勢は死んだ」

「何者かに殺害されたのでございます」

「殺された……」

庄之助は絶句しかけたが、

「何者かに、ということは誰に殺られたのか、まだわかっておらぬということか」

鋭い口調で庄之助は喜八にたずねた。

「はい、わかっておりません」

済まなそうに喜八が答えた。

「沢勢はいつ殺されたのだ」

「はい、今日の昼前でございます」

「今はもう暮れ六つを過ぎたが、俺に知らせるまでずいぶんとかかっておるな」

「申し訳ございません」

庄之助に向かって喜八がこうべを垂れた。

「寺社奉行所にまずはお知らせしなければならなかったもので……。いろいろと寺社奉行所のお役人の調べがございまして、事情をきかれておりました」

「それなら仕方あるまいな」

庄之助は、穏やかにうなずいてみせた。喜八が、ほっとしたように息をつく。

「それで、どういう事情なのだ。沢勢はどういうふうに殺されていた」

勢い込むことなく、庄之助は改めて喜八に問うた。

「はい。手前は墓地の掃除をしておりましてそれが終わりましたので、ご住職に昼餉《ひるげ》はどうされるか、庫裏にききにまいりました。しかし、ご住職から返事がなく、手前は庫裏に上がらせてもらいました」

唐突に悲しみがこみ上げてきたか、喜八が言葉を途切れさせた。目尻を手で押さえる。失礼いたしました、といって言葉を続けた。

「ご住職の居間に足を運んだところ、ご住職は血の海の中に倒れていらっしゃいました。目を見開いたままぴくりとも動かれず、すでに亡くなっているのは明白でございました……」

「血の海だと。もしや沢勢は斬られて死んでいたのか」

「はい」

沈痛な顔で喜八が首を縦に振った。

「寺社奉行所の調べですと、ご住職は体を袈裟斬りにされ、さらに左腕を切断されていたとのことでございます。実際、ご住職の愛用の槍を、切り離された左手が握っているのを、手前は目の当たりにいたしました」

「切り離された左手が槍を握っていたか……」

つまり、と庄之助はすぐさま思った。沢勢が槍を構えていたところを、下手人は左腕を切断したということではないか。

——容易ならぬ腕前の者と、沢勢は戦ったのだな……。

どういうわけか、この前の晩、桜源院に忍び込んできた男の顔が、庄之助の脳裏に浮かんできた。

――沢勢は、やつに殺《や》られたのではあるまいか……。

　くそう、と思って庄之助は顔をゆがめた。考えれば考えるほど、そうとしか思えなくなってきた。

そんな庄之助を、喜八がこわごわと見ていた。それに気づいて、庄之助は表情を緩めた。

――この前の晩の男かもしれぬが、とにかく庫裏に忍び込んできた者があり、それに気づいた沢勢は長押にかけてあった愛槍《あいそう》を手にし、戦いに及んだということか……。

この推測にまちがいはあるまい、と庄之助は考えた。

――なにゆえ、その者は庫裏に忍び込んできたのか。

それが一番の問題であろう。

宝蔵院流の槍術の達者《たつしゃ》である沢勢を斬れるほどの腕の持ち主だ。並みの者でないのは明らかで、ただの盗人であるはずがない。

――その者は、なんの目的があって忍び込んできたのだ。

庄之助は自問した。

「喜八、居間に置いてあった物で、取られたものはないか」

庄之助は喜八にきいた。困ったように喜八が首をかしげる。

「寺社奉行所のお役人にもきかれましたが、手前にはさっぱりわからないのでございます」

そうだろうな、と庄之助は思った。そういえば、とすぐに思い出したことがあった。

――沢勢は、向島の家の証文を持っていたはずだ。

父親の沢嶺が妾のために買った家で、最近まで沢勢も知らなかったという代物《しろもの》だ。前に遺品の整理をしていたら証文が出てきたと沢勢はいっていた。

――その証文は無事であろうか。

もし取られていたら、向島のあの家のことを知られたということになる。

我が配下、――町奉行所の息のかかった者が忍び込み、証文を奪っていったら、軍用金やお吟が危ういことになるではないか。

これはまずいぞ、と庄之助は焦りを覚えた。

「喜八、今から桜源院にまいろうではないか」

焦燥の炎が立ち上がるのを感じつつ、庄之助は喜八をいざなった。

「あ、はい、わかりました」

土間に置いた行灯を消す前に、提灯に火を移してからかわせみ屋をあとにした庄之助は、喜八を従えて夜の道を歩きはじめた。

――いや、桜源院ではなく、先に向島に行ったほうがよいかもしれぬ。あの家に異変がないか、調べるべきではないか。

いや、と庄之助は心中でかぶりを振った。

――証文が桜源院にあるかどうか、確かめるのが先だ。

足早に歩きつつ庄之助は自らに告げた。

やがて桜源院が見えてきた。庄之助は山門のくぐり戸から境内に足を踏み入れた。庫裏に足を運ぶ。

庫裏に入った庄之助は居間に向かった。

居間の真ん中に布団《ふとん》が敷かれ、沢勢の遺骸はそれに寝かされていた。白い布が顔にかけられている。枕元の香炉《こうろ》に立てられたはずの線香が燃え尽きていた。

香炉をわずかに動かして、庄之助は枕元に座した。白い布を取り、沢勢の顔を見る。

別に苦しんだようには見えない。安らかな死顔をしていた。

——必ず仇は討つ。

庄之助は沢勢に誓った。

——無念でならぬだろうが、それまで待っていてくれ。

顔を上げ、庄之助はそばに座している喜八に目を当てた。

「沢勢の愛槍を見せてくれるか」

「かしこまりました」

立ち上がった喜八が、長押にかけられている槍を手にした。

「どうぞ」

ひざまずいて喜八が庄之助に手渡してきた。

柄が太く重い槍だが、長さはさほどのことはなく、意外に扱いやすい槍である。

庄之助は槍にじっと目を落とした。

——穂先に血はついておらぬな……。

「喜八、穂先をぬぐったか」

「いえ、なにもしておりません」

そうか、と庄之助はいった。

――必ず仇は討ってやる。

庄之助は再び沢勢の遺骸に語りかけた。

「喜八」

面を上げて庄之助は寺男を呼んだ。

「はい」

「沢勢は丁重に葬ってやるようにな」

「はい、わかりました」

今の庄之助には、沢勢の葬儀はできそうもない。

――これは仕方あるまい。俺の企てに加わったときから、そのあたりのことは沢勢も心得ていたはずだ。

ふと目の前の文机に目をとめた庄之助は手を伸ばし、引出しを開けてみた。目に入ったのは、油紙に包まれ、紐で縛られた書類である。

――これはなんだ。

庄之助は紐を解き、油紙を取った。出てきたのは家の証文である。

――沢嶺和尚が買ったという向島の妾宅のものだな。

証文に目を落としつつ、庄之助はわずかに安堵を覚えた。

――ふむ、取られておらなんだか。いや、まだ安心はできぬ。沢勢を殺した侵入者が、引出しの中の一番上にあったこの証文を見過ごしたとは考えにくいのだ。

――証文こそ取られておらなんだが……。

庄之助は、向島の妾宅が気になってしようがなくなってきた。

――よし、今から行ってみるか。

もし向島の妾宅が公儀に知られているのなら、必ず監視の目があるはずだ。この俺が見れば、と庄之助は思った。監視の目が張り巡らされているかどうか、必ずわかる。その確信が庄之助にはあった。

「では喜八、沢勢のこと、よろしく頼んだぞ」

いい置いて庄之助は立ち上がった。

「は、はい、承知いたしました」

膝に手をそろえて喜八が頭を下げた。

桜源院を出た庄之助は提灯を掲げ、単身、向島に向かった。

すぐに向島の家に近づくような真似はせず、まずは周囲を丹念に探ってみた。

提灯を消した庄之助は暗闇の中、目を光らせて妾宅のまわりを歩き回った。

しかし、誰かが監視しているような気配はまったく感じられなかった。

一度ならず妾宅のぐるりを当たってみたものの、監視をしているような人物は一人もいなかった。

そのことを庄之助は確信した。

――ふむ、この屋敷は知られておらぬ。

足を止め、妾宅を遠目に眺めつつ庄之助はそう結論づけた。さすがに、ほっと胸をなで下ろすしかない。

今から、お吟や高田兵庫に会っていく必要はなかった。お吟は、もともと体が強くないから夜更《よふ》かしはろくにできない。

――もう寝ているのではあるまいか。しかし、お吟には無理をさせたな。

妹に謝りたいという思いに、庄之助は不意に駆られた。

――いや、今宵《こよい》はよかろう。会おうと思えば、またいつでもお吟に会えるのだからな。

庄之助は、お吟に会いたいとの衝動を無理に嚙み殺した。

――よし、かわせみ屋に戻るとするか。

歩きはじめる前に、庄之助は提灯に火を入れた。

あたりがぽっと明るくなり、庄之助の心はわずかに和《なご》んだ。だがすぐに沢勢の死顔が脳裏によみがえり、歯ぎしりした。

——必ず仇は討ってやるゆえ、沢勢、待っておれ。

先夜、桜源院に忍び込んできた男が下手人でまちがいなかろう、と庄之助は思った。

——あの男を殺す。必ず殺す。

かたい決意を庄之助は胸に刻みつけた。

第三章

一

　ぐるりを巡る塀は堅城を思わせるほど高く、朝日を浴びて輝く母屋の黒々とした瓦屋根は目を奪う美しさを放ち、広々とした敷地内には蔵まで建っている。

　おそらく母屋にはいくつもの部屋があり、使われている材木も、吟味《ぎんみ》に吟味を重ねたものにちがいない。

　まさに豪邸と呼ぶべき代物だろうが、佐之助は別段、住んでみたいとは思わなかった。

　――他の者は知らぬが、俺には住み心地がよさそうには思えぬ。

　これは、決して強がりなどではない。家人が肩を寄せ合って暮らせる家のほうが、佐之助の好みなだけの話である。

この世には豪奢《ごうしゃ》な家を羨望《せんぼう》、渇望《かつぼう》する者も少なくないが、家が豪華でありさえすれば、幸せになれるわけではない。九尺《くしゃく》二間《にけん》の裏店《うらだな》でも、笑顔の絶えない一家はいくらでもある。誰もがうらやむような立派な屋敷に住んでいる者が、不幸のどん底であえいでいることだってある。

――今あの家にいる者どもは、どんな心持ちなのだろう。

一町ほど離れた松の大木の陰から家を遠目に眺めて、佐之助はそんなことを考えた。あの家の中に庄之助の配下やお吟がいるのかどうか、まだ確認できてはいない。

塀を乗り越えて忍び込むか、という気持ちが佐之助にないわけではない。だが、もしやつらに侵入したことを覚《さと》られたりしたら、まずいことになる。あの家の存在をこちらが知ったことが、庄之助に伝わってしまう危険を冒すわけにはいかないのだ。

もしそんなことになったら、何事もなかったように家の証文を沢勢の文机の引出しに置いてきた甲斐がなくなってしまう。

――あの家には抜け穴でもないだろうか。さすれば、たやすく忍び込めるのだが……。

抜け穴など望むだけ無駄だな、と佐之助は苦笑いをして思った。

――大名の下屋敷か、盗人の隠れ家なら、考えられるかもしれぬが……。

桜源院で見つけた証文によると、あの家の元の持ち主は今居屋という商家だった。十五年前、今居屋から沢勢の父親の沢嶺が買い取ったのである。

今居屋が今も商売を続けているのかどうか、富士太郎が、調べてみますといっていたが、結果は果たしてどうだったか。

――ただの商家の持ち物なら、抜け穴などつくることはまずあるまい。

そのとき不意に背後から、人が近づいてくる気配がした。その者は、明らかに足音を忍ばせていた。

だからといって、佐之助は腰の刀の柄に右手を置いたりはしなかった。気配の柔らかさから、誰が来たか、わかったのだ。

やってきたのは、まちがいなく、いま頭に思い描いていた富士太郎であろう。

「樺山、来たか」

富士太郎に背中を向けたまま、佐之助は声をかけた。

「ええっ」

驚いたような声を富士太郎が発し、立ち止まったのが知れた。

「倉田どの、なにゆえそれがしが来たとわかったのですか」

振り向いて佐之助は、目をみはっている富士太郎を見やった。

「気配がしたからだ」

富士太郎は、定廻り同心の目印といえる黒羽織を羽織っていない。江戸でよく目にする紺色の羽織を着用していた。

もし富士太郎が黒羽織を着込んでやってきたら、あまりに人目を引くことになる。それを避けるために、どこにでもいる勤番侍のような恰好をしているらしい。

「しかし、気配だけでは、それがしとはわからないのではありませんか」

わかるさ、と佐之助はあっさりといった。

「気配が、明らかにきさまだと示していた。樺山は柔らかな気配の持ち主だ。湯瀬とも米田屋ともちがう。湯瀬や米田屋の気配は、きさまよりだいぶかたい」

えっ、といかにも意外そうな声を富士太郎が漏らした。

「人によって、気配がそんなに異なるものなのですか」

「ああ、異なるな」

それをきいて、富士太郎が首をひねってみせる。

「それがしには、気配自体嗅げませんから、その手のことはさっぱりわかりませんが、やはり剣の達人は常人とはちがいますね」

「残念ながら、俺は剣の達人ではない……」

庄之助と戦った際のことを思い出し、佐之助は自嘲気味に答えた。

「それに、きさまが足音を殺して近づいてきたのは、あの家を見ている俺の邪魔をしたくなかったからだろう。そんな気遣いは、米田屋には無理だし、湯瀬もそのような真似はするまい」

「直之進さんなら、しそうな気がしますが」

「まあ、そうかもしれぬ」

佐之助は敢《あ》えて反論しなかった。

「それで樺山。きさまのそばに米田屋の姿がないのは、なにゆえだ」

「腹が減った、といってあの店で蕎麦切りを食べています」

体をねじって、富士太郎が背後を指さした。いま自分たちがいる松の木陰から半町ほど南に、井戸田《いどた》という蕎麦屋があるのは佐之助も知っている。

「ああ、あの蕎麦屋に行ったのか」

佐之助も、蕎麦切りは大の好物である。不意に空腹を覚え、蕎麦切りが食べたくなった。

「米田屋が戻ったら、井戸田がうまいかどうか聞いて、食べに行くことにしよう」

「ああ、それがいいでしょうね。遊山客《ゆさんきゃく》目当ての店は、ひどいところがとにかく多いですから……」

忌々《いまいま》しそうな顔つきで富士太郎がいった。

——この男がこんな顔をするのは珍しいな。

「樺山、なにかよほどひどい目に遭ったことがあるようだな」

「それはもう」

憤然として富士太郎が怒りの表情を見せた。

「ああ、いえ、でも、その話は今はやめておきましょうか。こんなときにすべき話ではありません……」

——この温厚な男がそこまで腹を立てるとは、いったいどんなことがあったのだろうか。

きいてみたかったが、佐之助は話を切り替えた。

「それで樺山、どうであった」

佐之助は富士太郎にきいた。

「今居屋のことですね」

佐之助の目にまっすぐな眼差しを注いで、富士太郎がいった。

「今朝一番に調べてみました。今居屋は、牛込で今も商売を続けていましたよ」

「ほう、そうだったか」

佐之助は相槌を打った。

「今居家は、なにを商っているのだ。あの家の豪壮さを見る限り、豪商にちがいないのだろうが……」

「味噌醬油問屋です。特に、醬油は名高いものを扱っており、先代の頃は相当、羽振りがよかったようです」

「あの家を手放したということは、もしや当代になって商売が傾いたということか」

「さようです」

すぐに富士太郎が言葉を続ける。

「先代はせがれに代を譲る際、金に飽かせて、あの家を建てたそうです。とにかく贅《ぜい》を凝らした、素晴らしい造りらしいですよ」

その通りなのだろうな、と佐之助は思った。

「今の主人が今居屋を継いだのは十八年ばかり前のことですが、なにやらへまをしでかしたらしく、今居屋で最も売れていた醬油の専売ができなくなってしまったそうなのです。それが、今から十六年ばかり前のことのようですね……」

「それで、商売が細くなってしまい、泣く泣くあの家を手放したのか」

富士太郎から目を離し、佐之助は再び豪邸を眺めた。

「今居屋と沢嶺とは、どのような関係だ。もしや今居屋は桜源院の檀家か」

「おっしゃる通りです。先代の主人は沢嶺和尚とは、よく将棋を指していたらしいですね」

「将棋か。二人は気の合う友垣《ともがき》だったたか……」

二人の男が将棋盤を挟んで向き合う姿が、佐之助の脳裏に浮かんできた。

「ところで樺山。あの家に、抜け穴のようなものがあるという話は聞かなかったか」

「いえ、そのような話は聞きませんでした」

かぶりを振って富士太郎がいった。

「あの家に今居屋の先代は、妾と一緒に住んでいたようですよ」

「あれは妾宅《しょうたく》だったか。今居屋の先代から譲り受けた沢嶺和尚は、あの家をなにに使っていたのだ」

「同じですよ」

その答えを聞いて、佐之助は意外な思いにとらわれた。

「沢嶺和尚も妾を囲っていたのか」

「ええ。驚いたことに、今居屋の先代が囲っていた妾をそのまま引き継いだようなのです」

「なにっ」

それは、さすがに考えなかった。佐之助は啞然とするしかなかった。

――同じ妾を囲うとは、これも二人の仲のよさをあらわすものだろうか……。

「きっと先代が亡くなって路頭に迷うことになった妾を憐れんで、沢嶺和尚が世話を買って出たのかもしれませんね」

「ああ、それならばわからぬ話ではないな」

――しかし、すぐにこんなことを思いつくなど、やはり樺山は心根の優しい男なのだな。

佐之助は感じ入った。

「それにしても樺山」

佐之助は富士太郎に呼びかけた。

「妾宅にしては、あの家はずいぶんと塀が高いな」

「泥棒よけらしいですよ。なんでも、今居屋は先代の時分に、三度も盗人《ぬすっと》に入られているそうですからね」

「それで、妾宅も狙われるのではないかと考えて、先代があの塀をつくったのか……」

——今あの家の中にいる者どもには、好都合だろうが……。

「だが樺山、高い塀だけで盗人を防ぐのは無理だろう」

「おっしゃる通りです」

我が意を得たりとばかりに、富士太郎が深いうなずきを見せる。

「梯子《はしご》を使われたら、塀の高さなど関係ありませんからね。泥棒を防ぐために最も大事なのは、その一家の気構えらしいですよ」

「気構えというと」

即座に佐之助は問うた。

「その一家が規律正しく暮らしているとか、正義の思いが強くまっすぐな心の持ち主ばかりであるとかです。外から建物を見るだけで盗人たちにはぴんとくるらしいのです」

「規律正しさと正義感か……」

ええ、と富士太郎がいった。

「規律正しい家というのはどこも早寝早起きで、火の用心もよくされて、戸締まりもしっかりしているそうです。正義感の強さというのは、忍び込んだ途端に盗みがばれそうな恐怖心を盗人に与えるらしいですよ。下手をすれば、袋叩きに遭うのではないかとすら思えるのだそうです。以上のことは、以前、年老いた盗人から聞いたことです」

「その伝《でん》でいうなら」

すぐさま佐之助は口を開いた。

「当時の今居屋には、きっとどこかに気の緩みがあったのだろうな」

「ああ、確かに商売がうまく行き過ぎると、ままそういうことがあるのかもしれません。当代が専売を取り消されるようなへまをしでかしたというのも、同じ理由からかもしれませんね」

即座に富士太郎がいった。

「それでも、あの家は先代が住んでいた頃、あの塀のおかげもあってか、泥棒には入られてはいないらしいですよ」

「そうか、先代があの家を建てたのが十八年前で、十六年前には当代が今居屋の跡を継いでいた。あの家を手放したのは十五年前だから、先代が暮らしていたのは三年ほどか。ともかく、その間、先代の隠居暮らしはきちんとしていたということだな」

しかし、とすぐに佐之助は思った。いくらなんでもあれだけ高い塀はやりすぎではないか。

「それで樺山、これからどういう手立てを執《と》るつもりでおるのだ」

富士太郎を見つめ、佐之助はたずねた。

「とにかく今は慎重にやるつもりです。いきなり踏み込んで、空振りをするわけにはいかないものですから。まずはしっかりとした内偵が必要ですね」

「それはそうだろうな」

焦ってよいことなど、一つもないだろう。

「まず、一万八千両という大金が本当にあの家にあるのか、それがしは、そのことを確かめたいのです」

「忍び込んで探るのが一番の早道のような気がするが、それはやめておいたほうがよいのだな」

富士太郎に確かめるように佐之助はいった。

「その通りです。無理は禁物ですので……」

少し厳しい顔でいって、富士太郎がすぐに言葉を継ぐ。

「迂遠《うえん》なやり方かもしれませんが、いま我らがすべきことは、第一にあの家の人の出入りを調べることだと思います」

「では、すぐに近所の聞き込みをしなければならぬな」

「ええ、聞き込みは徹底してやる必要があると思っています」

そこにようやく琢ノ介がやってきた。どこか満足げな顔をしている。

――うまい蕎麦切りに当たったのか。

「遅くなって済まん」

琢ノ介が佐之助に向かって頭を下げる。

「いや、別に構わぬ」

琢ノ介はいつもの商人そのものの恰好ではなく、武家の中間のような形《なり》をしている。富士太郎に従う中間という役回りか。

その姿が意外にさまになっており、笑みを浮かべて佐之助は琢ノ介に目礼を返した。

「米田屋、あの蕎麦屋に行ったそうだな」

さっそく佐之助はきいた。

「味はどうであった」

「まずまずというところだ。びっくりするほどうまくはないが、だからといって、さしてまずくもない」

「ふむ、微妙な味なのだな……」

「正直にいえば、大の蕎麦切り好きのわしからするとまずいほうになるのだが、ここ向島が遊山の地ということを考えれば、十分に合格ではないかな。蕎麦切り自体はそこそこうまかったが、つゆがいかんかった」

そうか、と佐之助はいった。

「ならば、行くのはやめておこう。俺はうまい蕎麦切りが好きだからな」

「いや、まずすぎて腹が立つなんてことはないから、倉田、一度行ってみるがよい。――ああ、そうだ」

不意に琢ノ介が頓狂《とんきよう》な声を上げた。

「大事なことを忘れておった」

「なんですか」

興を抱いた顔で、富士太郎が問う。

「あの井戸田という蕎麦屋だが、昨日の昼と夕刻に、同じ顔触れの男が七、八人、連れ立ってやってきたそうだぞ」

ぴんときた佐之助は、すぐさま琢ノ介にきいた。

「それは、井戸田の者が見も知らぬ男たちということだな」

そうだ、と琢ノ介が顎を引く。

「このあたりの店はもともと一見客《いちげんきやく》が多く、見も知らぬ客はなんの不思議もなかろうが、さすがに昨日の昼と夕刻の二度にわたってやってきたというのは、おかしいではないか。しかも、大してうまくもない店に立て続けに足を運ぶなどあり得ぬ……」

「ほかに食べるところが見つからぬから、仕方なく井戸田に蕎麦切りを食べに行ったという感じか」

「どうやら、そういうことのようだな」

佐之助を凝視して琢ノ介がうなずいた。

「空腹を満たせればとりあえずよいという感じであろう。それにしても、その者らが長くこの近所に住んでいるなら、井戸田の者が顔くらい知っていなければおかしかろう。七、八人もいたというのに、誰一人として知らない者だったらしいのだからな……」

「顔すらも知らなかったということは、最近、このあたりに居着きはじめた者たちと考えてよいのだろうな」

「その通りだ。わしは、沢嶺和尚の妾宅にひそんでいる者たちが、食べるに困って井戸田にやってきたと考えるのがよいと思う」

「米田屋、その者らの人相をきいたか」

「きいた。いずれも壮年の男で、赤銅色《しゃくどういろ》の肌をしていたそうだ」

「それなら、まずまちがいないな。その者らは庄之助の配下だ」

だったら、と佐之助は思った。なおさら井戸田には行けない。顔を見られる危険があるからだ。

「うむ、わしも赤銅色と聞いて確信した」

「その七、八人の客の中に、女はおらなんだのか」

「お吟のことか。うむ、井戸田に来たのは男だけだったようだな」

そうか、と佐之助は首肯した。

「だが、残念ながら、井戸田ただ一軒の言《げん》では足りぬ」

口を閉じて、佐之助は富士太郎を見た。富士太郎がそのあとを引き継ぐように口を開く。

「ほかの食べ物屋を当たったり、近所の者に話を聞いたりして、あの家に庄之助の配下やお吟がかならずいるとの裏づけを取らなければなりません」

力強い口調で富士太郎がいった。

「それと、軍用金のこともあります」

「そうだったな」

富士太郎にいわれて佐之助は思い出した。

「庄之助の軍用金があの家にあるのは、もはや疑いようもないだろうが、その裏づけとなる証言がほしいな」

「倉田どののおっしゃる通りです」

富士太郎が深いうなずきを見せる。

「我らの目的は、庄之助の企みを打ち破ることにあります。まずは、なんとしても軍用金があの家にあることを、確かめる必要があります」

「軍用金がまことにあの家にあるなら、必ず庄之助は姿を見せような」

「庄之助があの家で軍用金とともにいるところに踏み込むことができれば、しらを切ることはもはやできません」

確信のある顔つきで富士太郎がいった。

「逆にいえば、それができなければ、庄之助を捕らえたところで、しらを切られることになるのだな」

「さようです」

真剣な光を瞳に宿して富士太郎が佐之助にうなずいてみせた。

「深川の材木問屋の横溝屋から奪われた千両箱には、横溝屋の極印《ごくいん》が押してあるのです。その極印こそが、庄之助に有無をいわせぬ証拠となります。ですから、庄之助とともに極印のある千両箱を押さえる必要があるのです」

富士太郎が明快にいいきった。

「ならば、軍用金があるという証拠をつかんだら、あとはひたすらあの家を張り込めばよいのだな」

佐之助は富士太郎に確かめた。

「はい、おっしゃる通りです」

迷いのない声で富士太郎がいった。

「では、手分けして、さっそく聞き込みに入るとするか」

強い口調で佐之助は二人に提案した。

「はい、そういたしましょう」

決意を感じさせる顔で、富士太郎が答えた。琢ノ介が合点《がてん》のいった表情をする。

「では、行くとするか」

「では、二刻《ふたとき》後に落ち合うことにいたしましょう」

「承知した。場所はここでよいのか」

「いえ。倉田どの、あそこに黒い屋根の建物があるのが見えますか」

富士太郎にいわれて、佐之助は目を向けた。四十間ほど先に、確かに黒い瓦屋根を持つ二階屋が建っている。

「ああ、あるな。あれはなんだ。建物の造りからして、料理屋か」

「ええ、さようです。奈良福《ならふく》という料理屋ですよ。あそこを我らの根城とするようにと、荒俣さまからいわれています」

「ほう、荒俣どのが……」

「ええ、なにやら荒俣さまが若い頃から懇意にされている料理屋とのことで、けっこう無理をいえるそうなのです」

荒俣どのは、と佐之助は実直そうな顔を思い出した。——あの料理屋のために、なにか便宜《べんぎ》を図ってやったことがあるのかもしれぬな。

「それはありがたい。あの建物の二階からなら、あそこの家も見えるだろう」

「おっしゃる通りです。二つの建物のあいだは、大した距離はありません。しかも奈良福では、おいしい料理を供《きょう》してもらえるかもしれません」

にこにことして富士太郎がいった。

「それは期待したいものだ」

「あれ、おぬしらは二人とも奈良福のことを知らんのか」

横から琢ノ介が意外そうにいった。

「えっ、米田屋さんはご存じなんですか」

「当たり前だ」

やや大きな声を出して琢ノ介が肯定《こうてい》する。

「料理のうまさで、特に名のある料理屋ではないか。まさか奈良福のことを知らん者が、ここに二人もいるとは思わなんだ」

「そんなに有名な店なのですか」

「そうだ。予約を取るのがとても難しいと聞いておるぞ。わしも一度も行ったことがないがな」

「へえ、そうなのですか」

「昔から繁盛店だったらしいが、なんでも、今の女将《おかみ》が跡を継いでから格段に味が上がったらしいな……」

「ほう、さようですか。やり手の女将なんですね」

「そんな店に顔が利くなど、荒俣どのというのは、まことに底が知れん男だな」

「しかし、そこまでおいしい店ならば、楽しみがいやが上にも増すというものですね」

「まったくその通りだが、富士太郎、おぬし、本当に江戸っ子か。実はもぐりの定廻り同心なのではないか」

「そんなことはない」

ぴしゃりといったのは佐之助である。

「今の樺山は昔とちがい、実に頼りになる男に成長しおったからな。もぐりでなどあろうはずがない」

琢ノ介にいって佐之助は懐から頭巾《ずきん》を取り出し、それをかぶった。桜源院では、庄之助にも顔を見られている。庄之助の配下にも見られたかもしれない。ゆえに、こたびの聞き込みに関しては、佐之助はできるだけ顔をさらさないよう、密やかにやるつもりでいる。桜源院に忍び込んできた男が界隈《かいわい》で聞き込みをしていることが知れただけで、庄之助はあの家に寄りつくことはなくなるだろう。

「では、それがしと米田屋さんは、あの家の向こう側を当たります。倉田どのは、こちら側をお願いできますか」

「承知した」

富士太郎を見つめて佐之助は点頭した。

「ああ、そうだ。倉田どの、これをどうぞ」

懐から一枚の紙を取り出し、富士太郎が渡してきた。

折りたたまれたそれを、佐之助はさっそく開いてみた。女の顔が描かれた人相書である。

――これはまたずいぶん美しいな……。

「この女はお吟か」

人相書に目を落として佐之助はきいた。

「さようです。昨夜《ゆうべ》のうちに、それがしが描いたものです。倉田どのは、お吟に会ったことがありますか」

「いや、ない」

「ならば、その人相書はきっと役に立つと思います」

その通りだろうな、と佐之助は思った。

「かたじけない」

礼をいって、佐之助はお吟の人相書を懐にしまい込んだ。

「おい、米田屋」

足を踏み出す前に佐之助は声をかけた。

「奈良福は仕出しをしておるのか」

「いや、しておらん。店に来てくれる客をもてなすために、仕出しの類は一切していないようだな」

「そうか、わかった。では、これでな」

富士太郎と琢ノ介に右手を挙げてみせ、佐之助は袴の裾を翻《ひるがえ》して道を歩きはじめた。

向島と一口にいっても広いが、この地には下屋敷《しもやしき》や別邸などがかなり多い。それだけに、江戸市中で購えるものはたいていそろっているように佐之助には見えた。

佐之助が最初にぴんときた店は、一軒の仕出し料理屋である。足を止め、佐之助は目の前の建物を見つめた。

建物の横に掲げられた看板には、魁《さきがけ》屋とあった。屋根の扁額《へんがく》には『弁当仕出』と記されている。

——桜源院から急に向島のあの家に移ったのなら、やつらに食い物の用意はまずあるまい。ゆえに、やつらが仕出し料理屋に弁当や握り飯の類を注文しても、なんらおかしくはない……。

風にふんわりと揺れている暖簾を払い、ごめん、といって佐之助は中に入った。

「いらっしゃいませ」

妙齢の女が内暖簾をくぐって姿を見せ、沓脱石《くつぬぎいし》に置かれた下駄を履いて土間に下りてきた。

「いらっしゃいませ」

女は佐之助の前に立って同じ言葉を繰り返し、辞儀をしてきた。佐之助は頭巾を取り、手に持った。

「私は、この店の女将でございます。どうぞ、お見知り置きを」

「俺は倉田佐之助という」

「初めまして倉田さま」

女将がまた腰を折った。面を上げて、控えめに佐之助を見てくる。

「それで倉田さま、なにかご入り用でございますか」

「まことに申し訳ないが、仕出しなどの注文があって、ここに来たわけではないのだ」

最初に佐之助は、女将の時を取らせることを謝った。

「さようでございますか」

別に女将は、気を悪くした風ではない。佐之助の言葉をじっと待つ風情《ふぜい》である。

——このあたりは、さすがに客商売だな。

女将を見て、佐之助は感心した。

「この近くの家のことについてききたいのだ」

「はい、おうちのことでございますね。わかりました」

きらきらとよく光る目で、女将が佐之助を見つめてくる。

——この瞳にやられて、ころりと得意先になってしまう者は少なくなかろうな……。

そんなことを思いつつ、佐之助は女将にたずねた。

「女将は、前に今居屋という味噌醤油問屋の持ち物だった家を知っておるか」

女将は、ほとんど思案する素振りを見せなかった。

「はい、存じております」

しかも、余計なことはしゃべらず、きかれたことだけを答えるという感じである。

「あの家が今居屋のあとに、沢嶺という僧侶が所有していたのも知っておるか」

「はい、存じております」

「それが妾宅だったのも知っておるか」

「それも存じております」

「沢嶺和尚からは、よく注文をもらっていたのか」

「よくお弁当のご注文をいただいておりました」

「沢嶺和尚が亡くなって、今は空き家のはずだが、最近、あの家から仕出しの注文があったというようなことはないか」

「はい、ございました」

やはりそうか、と佐之助は拳をぎゅっと握り込んだ。

「何人分あったか、きいてもよいか」

「あの倉田さま、その前によろしいですか」

小首をかしげて女将が問うてきた。

「倉田さまは、なぜそのようなことをおたずねになるのでございますか」

これは当然の問いであろうな、と佐之助は思った。それから目の前の女将をじっと見た。

「女将、この店《たな》はここで商売をはじめてどのくらいたつ」

いきなりそんなことをきかれて、女将がわずかに戸惑いの顔になる。

「この地に店を構えてから、七十年ほどになります」

「女将はこの店の娘か」

「さようにございます」

「女将は江戸を愛しておるか」

「それはもう。生まれ育った地でございますから」

佐之助を見て女将が力強く答えた。

――これは、信用してよさそうだな。

瞳に宿る光もまっすぐな感じがして、

「女将、これは他言無用にしてもらいたいのだが……」

声をひそめて佐之助はいった。

「あ、はい、わかりました」

女将の顔が引き締まり、頬がわずかに紅潮した。

「実は、俺は公儀の命で動いておるのだ」

ささやき声で佐之助はいった。

「えっ、ああ、さようでございましたか……」

佐之助を見て、女将はどこか納得したような表情になった。

――俺は公儀の者に見えるのか。だがもともとは御家人だ。そう見えたところで、不思議はあるまい。

三年前に将軍の命を救ったこともある佐之助にとって、その忠誠心は今もなんら変わりはない。公儀の者であることに、佐之助は強い誇りを抱いている。

「これは嘘偽りでもなんでもない。実は、公儀の転覆を図る者がおるのだ」

「ええっ」

女将が仰天する。

「ま、まことでございますか」

声をうわずらせて女将がきいてきた。

「うむ、まことだ」

佐之助は大きく首を縦に振ってみせた。

「それでだ、女将。あの沢嶺和尚の家から、ここ最近、仕出しの注文があったそうだが」

「はい」

ごくりと喉を上下させて女将が答えた。

「何人前の注文があった」

「九人前でございます」

ということは、と佐之助は思った。今あの家には九人がいるのだ。八人が庄之助の配下で、残る一人はお吟ではないか。

「仕出しの注文はいつもらった」

「昨日の夕刻でございます」

「仕出しを配達するのはいつだ」

「今日のお昼でございます」

「誰が注文しに来た」

「お雪《ゆき》さまという女性《にょしょう》でございます」

お雪さまだと、と佐之助は思った。

富士太郎から渡された人相書を懐から取り出し、佐之助は女将に見せた。女将が人相書を手に取り、じっと目を落とす。

「この女か」

「はい、この方でございます」

やはりそうか、と佐之助は心中で深くうなずいた。雪という名は、おそらく雪谷という姓から取ったものであろう。

「その人相書の女が注文してきたのだな。女将、まちがいないか」

もはや確かめる必要もないと感じたが、佐之助はあえて念を押すようにきいた。

「はい、まちがいありません」

断言した女将がすぐに首をひねった。

「しかし倉田さま。まことにこの女性が公儀の転覆に関わっているのでございますか」

「ああ、関わっておる。女将、なにゆえそのようなことをきく」

はい、と女将がいった。

「お雪さまはとてもお優しそうなお方で、お話しぶりも丁寧でございました。公儀転覆などという大それたことに荷担《かたん》できるお方にはとても見えなかったものですから……」

お吟自身は、と佐之助は思った。育ちのよさが物腰ににじみ出ているような女なのではないか。

――庄之助の企みには、実は荷担したくなかったのではあるまいか。

今でも止めたいという気持ちがあるかもしれない。

――これも正直わからぬ。だが、本物の悪女ということも十分に考えられるしな……。

「あっ、これはお返しいたします」

女将が手渡してきたお吟の人相書を、佐之助は受け取った。折りたたんで懐にしまう。

ほかに女将にきくことがあるか、と佐之助は思案した。

——仕出しの配達を俺に任せてもらえぬか。

佐之助は、そんな申し出を女将にしそうになった。

——あの家の中を探る絶好の機会ではないか。俺がこの店の奉公人になりすませば済むことだ。

だが、すぐに無理だ、という思いが脳裏をよぎっていった。

——庄之助の配下の中に、俺の顔を見た者がいるかもしれぬのだ。頭巾をかぶって仕出しの配達をすれば、逆にやつらに怪しまれよう。だからといって、俺の顔をさらすという危険は冒せぬ……。

仕方あるまい、と佐之助は思った。仕出しの配達はあきらめるしかあるまい。面を上げて佐之助は女将を見た。女将がどこかまぶしそうに佐之助を見返す。

「女将、これで終わりだ。長いこと、済まなかったな」

佐之助が謝辞を述べると、女将がほっと息をついた。

「いえ、なんでもありません。お役に立てればよいのですが……」

女将、と佐之助は呼びかけた。

「はい、なんでございましょう」

「今の話だが、くれぐれも他言無用に頼む」

「はい、よくわかっております」

決意を感じさせる顔で女将が答えた。

「では、これで失礼する」

女将に向かって佐之助は軽く頭を下げた。くるりと体を返して、暖簾を外に払う。

「ありがとうございました」

佐之助の背中に女将の声がかかる。

――なにもしておらぬのに感謝の言葉をいうとは、いかにも江戸らしいな。

いや、江戸に限らずこの国すべてで同じようなことが行われているのだろうか。

――だとしたら、この日《ひ》の本《もと》の国はとてもよい国ということにならぬか。

それを、庄之助は無理矢理に転覆させようとしているのだ。

――決してそのような真似はさせぬ。この俺が必ず阻《はば》んでみせる。

かたい決意を胸に刻み込んで、佐之助は道を歩きはじめた。

二

しかしどうしてなのだろうな、と琢ノ介がつぶやいたのが聞こえたが、珠吉のことが案じられてならない富士太郎はなにも答えることなく道を歩き続けた。

――珠吉は大丈夫かな。まさか、もうくたばってしまったなんてことはないよね。

あるはずがないじゃないか、と富士太郎は自らを強く叱った。

――つまらないことを考えないほうがいいよ。うつつになっちまったら、事だからね。

気持ちを切り換えなければならない。富士太郎は、珠吉のことはひとまず忘れ、仕事に集中することにつとめた。

今のところ、聞き込みをしなければならないような店は見つかっていない。

――向島なんて滅多に来ることがないから土地鑑《とちかん》がないよ。それに、こっち側はあまり店らしい店がない。倉田どのが向かったほうが、いろいろとあるみたいだね。倉田どのに悪いことをしたかな。こっちは二人もいるのに……。

「おい、富士太郎」

後ろから琢ノ介の呼ぶ声が聞こえた。

「はい、なんですか」

振り向いて富士太郎は琢ノ介にたずねた。

「ああ、なんだ、ちゃんと聞こえていたか」

意外そうに琢ノ介がいった。

「えっ、米田屋さん、今ちゃんと聞こえていたか、とおっしゃいましたか」

「ああ、確かにそういった」

富士太郎を見て琢ノ介が首肯《しゅこう》する。

「わしの声が、富士太郎の耳に届いておらんのではないかと思ったのだ」

「いえ、しっかりと届いていますよ」

答えて富士太郎は前を向いた。

「ならばわしが、しかしどうしてなのだろうな、といったのも聞こえていたろうな」

さらに琢ノ介がたずねてくる。

「先ほどですか、聞こえましたよ」

「だったらなぜ、米田屋さん、どうかしましたか、ときいてこんのだ」

少し怒ったような声音で、琢ノ介がただしてくる。

「ああ、きこうかなとは思いましたが、ちょっとほかのことで頭が一杯でした。申し訳ありません」

また後ろを向いて、富士太郎は琢ノ介に謝った。

「いや、富士太郎がなにを考えていたか、わしにもわかるゆえ、おぬしを責めようなどという気はないのだが……」

逆に琢ノ介が済まなそうにいった。

「それで米田屋さん、なにが、しかしどうしてなのだろうな、なんですか」

できるだけ明るい声で富士太郎はたずね、それから前を向いた。

「おう、富士太郎、きいてくれるか」

ほっとしたように琢ノ介がいった。

「ええ、もちろんですよ」

笑みを浮かべて富士太郎は答えた。

「では、いわせてもらうぞ」

歩きながら琢ノ介が軽く咳払いをした。

「あまり大したことではないのだが、先ほどの蕎麦切りのことだ」

「井戸田の蕎麦切りですね」

そうだ、と琢ノ介が肯定した。

「井戸田の蕎麦切りはさんざんにけなしたくなるほどひどいものではなかったが、遊山の地の食べ物というのはたいてい、高くてまずいと相場が決まっておる。あれはいったいなぜなのかな、と思ったのだ」

——それで、しかしどうしてなのだろうな、といったんだね……。

富士太郎は合点がいった。

「遊山の地を訪れるのは、一見客がほとんどだからでしょう。常連を必要としないほど、なにもせずとも客が来てくれるからです」

「それはわしにもよくわかる。二度と来ぬ客のために安くておいしいものを食べさせても儲からん、ということだよな」

「そういうことになりますか……」

それならば、とやや声を高くして琢ノ介がいった。

「安くせずともよいから、せめてうまいものを供してやろうという気にはならんのかな」

「おいしいものは、それなりに元値がかかります。元値がかからないものを高く供せば、それだけ儲けが大きくなりますからね」

「だが、そこに商売人としての良心はないのか、とわしは問いたくなるのだ。なにゆえ高い値段を払う客に、まずいものを食べさせて平気なのか」

「確かにそうですね。それがしもそのことは強く思います」

富士太郎は大いなる同意を琢ノ介に示した。

「実はそれがしも、遊山の地の食事のひどさには、声を大にしていいたいことがあるのですよ」

「どんなことだ。わしが聞いてやるぞ」

興味津々《きょうみしんしん》という声を琢ノ介が発した。

「ありがとうございます」

振り返って富士太郎は礼をいった。

「では、お言葉に甘えさせていただきます。まだ智代《ともよ》と一緒になる前のことですが、非番の日に、我らは白金《しろかね》のほうへと遊山に行ってみたのです」

「白金か。風光明媚《ふうこうめいび》の地らしいな。あそこも遊山で大勢の人が集まることで知られておる。わしは、これまで行ったことがないような気がするのだが……」

行ったか行っていないかはっきりと思い出せないようで、琢ノ介はしきりに首をかしげている。

その様子がおかしくて、くすっ、と小さく笑って富士太郎は前を向いた。

「昼になって空腹を覚えたそれがしと智代は、一軒の天丼を出す店に入りました。ところがその天丼の天ぷらが名ばかりで、衣だらけだったのですよ。海老も烏賊《いか》も野菜も、ほとんど衣でした。天ぷらのたねは、いったいどこに行ったのか、とそれがしは唖然としましたよ。あの天ぷらのひどさには、今も心からあきれ果てています」

「さすがの富士太郎も怒ったか。それにしても、衣だらけの天ぷらとはな。そんな店だったら、どうせ古い油を当たり前のように使っておったのであろう」

「ええ、まさしくその通りでした。こちらは空腹でしたから、せめて天丼のご飯だけでもと我慢して食べましたが、そのご飯にも古い油がしみてきており、名ばかりの天丼を食べてしばらくのあいだ、それがしと智代は気分が悪くてしようがありませんでした。あれは、古い油を使っていたからにちがいありません」

「古い油を使ったものを食べると、本当に気分が悪くなるものな。富士太郎、そいつは災難だったな」

「ええ、まさしく災難としかいいようがありません。いったいなんの罰かとも思いましたよ。いくら遊山の地とはいえ、あんな店がやっていけるだなんて、それがしは今でも信じられませんよ」

いっているうちにあのときの怒りが募ってきて、富士太郎はふうふう、と荒い息を鼻から吐き出した。

「良心のかけらもない店がどういうわけか、遊山の地では平然とやれていることがよくあるよな」

「我らが入った天井屋の良心は、きっと古い油の中に溶けてしまったのでしょう」

「そういうことだろうな。富士太郎も、なぜ食事を供する店がそのような真似ができるのか、不思議でならんのであろう」

「ええ、まったくです」

富士太郎は大きくうなずいた。

「それがしが店主なら、お客が喜ぶものを出しますよ。お客の笑顔が、なにより見たいですからね。あんな不快になるようなものは、売り物とは呼べません。それがしが店主だったら、恥ずかしくて店は閉めてしまいますよ」

強い口調で富士太郎は断じた。

「金儲けのために良心を売ってしまうなど、本当におかしいとしか、いえません。あのときは、一緒にいた智代にも申し訳ない気持ちで一杯になりましたし……」

「人をそんな情けない気分にさせる店など、この世からなくなってしまえばよいのにな」

「本当にその通りです。人を喜ばそうとする気持ちにあふれている店だけがあれば、どんなに幸せだろうか、とあの店の天丼を食べて、それがしはつくづく思いましたよ」

そのとき、ふと富士太郎は足を止めた。目の前に米問屋があるのに気づいたからだ。

「米田屋さん、この米問屋はどうですかね」

建物の横に張り出している看板には、掛川屋《かけがわや》とある。いかにも老舗という雰囲気が店構えに漂っている。

「ああ、あの家の者がこの米問屋に来たかどうかか……」

少し琢ノ介が思案する。

「ふむ、来たかもしれんな。米は生きていく上で、なにより大事だ。やつらは仕出しなどを頼んでいるかもしれぬが、わしがあの家でしばらく暮らすつもりなら、米と味噌は買っておくな。それに、多分この掛川屋があの家から最も近い米問屋であろう」

「ええ、そうかもしれません。では米田屋さん、入って話をきいてみることにしましょう」

「うむ、そうしよう」

富士太郎は大きめの暖簾を払って、中に入り込んだ。後ろに琢ノ介が続く。

「いらっしゃいませ」

土間の隅に立ち、帳面を見ていた手代《てだい》とおぼしき男が、揉《も》み手《で》をして富士太郎たちに寄ってきた。

「いらっしゃいませ。お武家さま、お米がご入り用でしょうか」

「いや、済まないが、そうではないのだ」

懐に手を入れ、富士太郎は袱紗《ふくさ》包《づつ》みを取り出した。なにが入っているのだろうという目で、男が袱紗包みをじっと見る。

袱紗包みの中から出てきたのが十手《じって》だったから、えっ、と声を漏らして男が瞠目した。

「おいらは南町の同心だよ」

まじめな顔を崩さずに富士太郎は告げた。男がごくりと唾を飲み込んだ。

「あの、そのような身なりをされているということは、お侍は隠密廻り《おんみつまわ》同心でいらっしゃいますか」

――ああ、そうか、黒羽織を着ていないと、そういう風に見えるんだね。

「いや、おいらは隠密廻りではないよ。実は定廻り同心なんだけど、今日はちょっとわけがあってこういう形をしているんだ」

「はあ、さようでございますか」

今度は男が、富士太郎の手のうちにある十手をまじまじと見ている。本物なのかどうか、確かめているようだ。

――確かに定廻りが勤番侍のような恰好をしていたら、疑わないほうがどうかしているよね……。

「偽物じゃないよ。こいつは正真正銘の本物だよ」

「どうもそのようでございますね」

喉仏を大きく上下させて男がいった。

「この十手からにじみ出てくる迫力に、手前は気圧されるような感じがいたします」

「ああ、そうなのかい」

「ええ、本当にすごいですねえ」

感嘆の思いを隠さずに男がいった。

「本物は、やはりちがいますね。まあ、手前は偽物の十手も目にしたことは、一度もないのですが……」

「おまえさんにこいつを触らせて上げたいけど、命よりも大事なものだからね、そういうわけにもいかないんだ」

「ええ、それはよくわかっています」

恐縮したように男が頭を下げる。

「触らせていただかなくても、けっこうですから……」

「うん、ありがとうね」

笑顔で富士太郎は礼を述べた。

「いえ、とんでもないことでございます」

また男が腰を曲げた。富士太郎は十手を袱紗で包み、懐にしまい込んだ。

「ところで、おいらがここに来たのは、おまえさんたちにききたいことがあるからだよ」

男を見つめて富士太郎はいった。

「あ、はい」

緊張した面持ちで男が背筋を伸ばす。

「どのようなことでしょう」

「その前にいいかい。おまえさん、なんという名だい」

「はい、手前は静三《せいぞう》といいます。この店の手代をつとめさせてもらっています」

「静三か。よい名だね。おまえさんによく似合っているよ」

「ありがとうございます」

静三が深く頭を下げる。

「ところで、静三」

口調をわずかに強めて富士太郎はきいた。

「以前、今居屋という味噌醤油問屋の妾宅だった家を知っているかい」

「ええ、存じております。今居屋さんとは以前、味噌の取引があったらしいのです。あの家が建っている土地も、うちの旦那さまが紹介したみたいですよ。高い塀に立派な蔵がある家ですよね」

「そうかい、以前は今居屋と付き合いがあったのかい」

「はい。しかし、今居屋さんの先代が亡くなって、その後、向こうのほうでいろいろとごたごたがあったらしく、取引は切れてしまったようなのですが……」

そうだったのかい、と富士太郎はいった。

「今居屋の妾宅の次は、さる僧侶の妾宅になっていたけど、それもおまえさんは知っているかい」

「ええ、話には聞いています。しかし、そのお坊さんが亡くなってから、ずいぶん長いこと、あの家は空き家になっていたみたいですね」

「そのお坊さんは、家人の誰にもあの家のことをいわずに亡くなってしまったんじゃないかって、おいらはにらんでいるんだけどね」

「ああ、そうなのですか」

納得したような声を静三が上げた。

「その家にいま人がいるのを、おまえさん、知っているかい」

「ええ、存じています」

あっさりと静三が答えた。

「どうしておまえさんは知っているんだい」

「お米とお味噌の注文を、あの家の人にいただいたからです」

「注文ということは、届けるようにいわれたのかい」

「ここにいらしたのは女性でしたので、配達いたしますよ、と手前のほうから申し上げました」

「もう配達はしたのかい」

「はい、昨日のうちに」

そうかい、と富士太郎はいった。少し残念だった。掛川屋の者のような顔をして米や味噌を配達できたら、中の様子をうかがい知ることができただろうに。

「ここでは、米と一緒に味噌も売っているんだね」

富士太郎は改めて問いを発した。

「ええ、お味噌はうちの手造りですよ」

「ほう、そうなのかい」

「麹《こうじ》を惜しまずたっぷりと使っていますからね、甘みが強くておいしいと評判ですよ」

誇らしげに静三がいった。

「しかも、値段もお客さまがお求めやすいように、安くしてあります」

「そいつは感心だねえ」

そういう心意気の商家が向島にあることを知り、富士太郎はうれしくてならない。

——静三の言葉を聞いていると、この店の味噌を味噌汁にして、飲んでみたくなるものね。とてもおいしそうだよ。智ちゃんもきっと喜ぶだろうね。こういう気持ちが遊山の地の食べ物屋にあれば、本当にいいのにねえ……。

「ところで、静三。さっきこの店に注文しに来たのは女だといったけど、もしかしてこの女かい」

懐からお吟の人相書を取り出し、富士太郎は静三に見せた。失礼いたします、と断って静三が人相書を手に取り、眼差《まなざ》しを注いだ。

「ええ、この女性です」

間を置くことなく静三が認めた。

「まちがいないかい」

一応、富士太郎は念押しした。

「ええ、まちがいありません。とてもきれいな人でしたから……」

また会いたいな、というような顔を静三がしてみせた。

富士太郎にも、その気持ちはわからないではない。

きれいなだけでなく、お吟は庄之助の妹とは思えないほど、実は気持ちが優しい女なのではないか、と考えられてならないのだ。

じっくりと人相書に目を落とした静三が、名残惜《なごりお》しげに返してきた。富士太郎は人相書を受け取り、静三にたずねた。

「この女、名乗ったかい」

人相書を懐にしまって富士太郎はきいた。

「ええ、お雪さんとおっしゃいました」

お雪かい、と富士太郎は心で首をひねった。

——この名乗りは、雪谷という姓から取ったんだろうね。

「静三、この店の誰が、あの家へと配達に行ったんだい」

新たな問いを富士太郎は発した。配達をした者に話をききたかった。

「手前です」

自分を指さして静三が答えた。それは好都合だね、と富士太郎はありがたかった。

「お雪さんの注文は、米が一斗《いっと》に小さい味噌樽が一つでしたから、手前が荷車にのせて配達にまいりました」

「配達に行ったとき、あの家で七、八人の男の姿を見なかったかい」

「いえ、見ておりません」

いぶかしげな顔で静三がかぶりを振った。

「しかし、あれだけの量のお米とお味噌をお買い上げいただきましたので、多分、お雪さんお一人というわけではないだろうな、と手前は思いました」

それはそうだろうね、と富士太郎は思った。ほかになにかきくことはないか、とすぐさま思案《しあん》する。思い当たることはなかった。

「静三、これで終わりだよ。忙しいところ、手を止めさせて済まなかったね」

富士太郎は心から感謝の思いを口にした。

「いえ、なんということもございません」

にこにこと笑って静三がいった。

「むしろ、お役人といろいろとお話ができて、楽しゅうございました。お礼を申し上げるのは、手前のほうでございます」

「そういってもらえると、うれしいよ。静三、ありがとうね」

不意に笑みを消し、静三が真顔になった。

「お役人、ところでお雪さんの家がどうかしたのですか」

お雪さんの家か、と富士太郎は思った。実際にはちがうが、ここで静三の言葉を訂正しても仕方がない。

「ちょっといろいろあるんだよ。どういうことなのかは、申し訳ないけど、おまえさんにいえないんだ。もしまたお雪がこの店に来ても、役人がやってきていろいろきいていったなんて、いっちゃあいけないよ」

釘を刺すように富士太郎はいった。

「はい、よくわかっています」

姿勢を正して静三が神妙な顔で答えた。

「お雪だけじゃないよ。ほかの者にも下手に漏らしたら、おまえさん、番所《ばんしょ》の者にとっ捕まることになるよ」

せっかく快《こころよ》く力を貸してくれた者にこんな脅しのような言葉を口にしたくはなかったが、なにもいわずにこの店を出ていくわけにはいかない。

「はい、よくわかっています」

きりりとした顔で静三がいった。

「うん、信じているよ。では静三、これで失礼するよ」

「はい、お疲れさまでございました」

大声で静三がいったから、富士太郎の耳は少し痛くなった。

足を踏み出した富士太郎が暖簾を外に払おうとしたところ、その前に琢ノ介が前に出た。

「手前が先に出ましょう」

丁寧な口調で琢ノ介がいった。

「ああ、済みません」

「富士太郎、人前でわしに向かってそんな言葉を使うな」

琢ノ介が小声で叱りつけてきた。

「わしはおまえの中間なのだからな」

「わかりました」

「わかった、だ」

「わかった」

こほんと富士太郎は空咳《からぜき》をした。琢ノ介が先に外に出た。富士太郎も暖簾をくぐった。

「それで旦那、これからどうしますかい」

まるで珠吉のような口調で、琢ノ介がきいてきた。

決まっているよ、と富士太郎はいった。

「聞き込みを続けるのさ」

「さいですかい。それでは旦那、まいりましょうか」

「うん、そうするよ」

琢ノ介にうなずきかけて、富士太郎は道を北上した。

庄之助の配下やお吟がひそんでいる家からさらに離れるに従い、これぞという店が少なくなってきた。それどころか、店自体がまるで見当たらない。

――これは困ったね。話なんか聞けそうな店はないよ。

これからは、と富士太郎は即座に判断した。

――出会う人に話を聞いていくほうがいいだろうね。

それで地元の者と思える百姓を中心に、当たっていった。

六人目までは、あの家について、なにも知らなかった。あの家のことを、気にとめたことがない者ばかりだった。

別れ際にその六人の名をきき、あの家についてきいたことを、富士太郎はしっかりと口止めした。しても無駄かもしれないが、やらないよりはましだろう。

六人目の百姓と別れてすぐ、富士太郎は七人目の百姓に声をかけた。

「おまえさん、三囲神社のそばにあって、すごく高い塀がぐるりを巡っている家を知っているかい」

「ああ、あの家ですね。ええ、よく知っていますよ。得意先の配達の際によく前を通りますからね」

これは期待できるかもしれないよ、と富士太郎は思った。なにしろ、これまでの六人とは、明らかに異なる返答だったからだ。

「その前に、おまえさん、名はなんというんだい」

「あっしは清六《せいろく》といいます」

百姓がはきはきと答えた。清六だね、と富士太郎はその名を胸に刻み込んだ。

「ここ最近、あの家のことでなにか見たり、聞いたりしたことはないかい」

「ええ、一つ見ましたよ」

清六があっさりといったから、富士太郎は瞠目した。富士太郎の横に出てきていた琢ノ介と顔を見合わせた。

「清六、なにを見たんだい」

詰問口調にならないように気を配って、富士太郎はきいた。

「大八車が中に入っていったところを見たんですよ」

なんだって、と富士太郎は清六の言葉に仰天した。

「清六、それはまことかい」

「ええ、まことです」

富士太郎を見つめ返して、清六が深くうなずいた。

よく日に焼けており、これまで野良仕事《のらしごと》一筋に生きてきたのがよくわかる男である。歳は五十近いのだろうが、瞳がきらきらと輝いて、まるで遊び盛りの男の子のようだ。

「あれは、ほんの数日前の夜明け頃のことでしたよ。あっしは、いつものように日本橋にある得意先に蔬菜《そさい》を届けに行く途中だったんですが、いかにも重そうな荷を積んだ大八車が、何人もの男の人たちに囲まれるようにして、あの家の中に入っていったのを見たんですよ」

高ぶってきた気を静めるために、富士太郎は深く息を吸い込んだ。

「清六、もう一度きくけど、高い塀がぐるりを囲んでいる家でまちがいないんだね」

勢い込みそうになるのをこらえて、富士太郎は清六に確かめた。

「ええ、まちがいありません」

大きく顎を上下させて清六が断言した。

「あの家には、とても立派な蔵もあるじゃありませんか。どんなお宝があの中に入っているのか、あっしは前を通りかかるたびに頭の中でいろいろと考えて楽しんでいたんです」

――ここまでいうのだから、もう疑いようがないね。

胸中で富士太郎は深くうなずいた。なおも清六が言葉を続ける。

「それに、これまであそこは空き家だったのに、急に大八車とたくさんの男の人がやってきましたからね、あっしはびっくりして、少し離れたところで立ち止まって、じっと見ちまいましたよ。ですから、見まちがいなんかじゃ決してありませんよ」

ということは、と富士太郎は思った。

――やつらは、清六に見られていたことに気づいていないかもしれないね。

きっとそうだよ、と富士太郎は思った。

「清六、そのとき大八車にのせられている荷物はなんだと思った」

「それはもう」

清六が、かかか、と破顔《はがん》した。

「大金に決まっていますよ。それも、いくつもの千両箱ですね」

こういうときの人の勘というのは、よく当たるようにできている。多分、勘というのは理屈ぬきで本質を捉えることができるからではないか。これまで定廻り同心を続けてきて、富士太郎が知ったことである。

「ありがとう、清六。話を聞けて助かったよ」

「いえ、なんでもありませんよ」

人のよさそうな笑みを清六が見せた。すぐに顔を引き締めて富士太郎にただしてくる。

「お役人、あの家でなにかあったんですか」

「まあ、いろいろとあるんだ。清六、今日おいらにきかれたことは誰にも話しちゃ駄目だよ。もし誰かに漏らしたら、お縄になるからね。わかったかい」

「はい、わかりました。あのお役人、女房にも話しては駄目なのですか」

「ああ、駄目だ。申し訳ないけど、このことはおまえさんの胸にしまっておいてくれ」

「わかりました」

少し残念そうに清六が答えた。

「では清六、これで失礼するよ」

「はい、失礼いたしました」

琢ノ介を促して、富士太郎はその場を足早に離れた。

「米田屋さん、これで決まりですね」

あたりに人がいないのを見計らって、富士太郎はいった。

「その通りだ、富士太郎」

琢ノ介が目を光らせてうなずいた。

「一万八千両もの金があの家にあるのは、確実だな」

あとは、と富士太郎は琢ノ介に告げた。

「いつ庄之助があの家にあらわれるかですね」

「庄之助があの家に入ったときに一気に踏み込み、ふん縛ることができれば、それで一件落着だな」

ええ、と富士太郎は顎を引いた。

「あの家に、横溝屋から身の代《しろ》《み》として奪われた一万両もの極印入りの千両箱があるのは、清六の言から、もはやまちがいないですからね。いくら庄之助だろうと、極印入りの千両箱と一緒にいるところを押さえられたら、言い逃れはできません。それで、あの男の首は獄門台《ごくもんだい》送り決定ですよ」

自分の目がぎらついているのが、富士太郎にはよくわかった。

そんな富士太郎を、むしろ頼もしそうに琢ノ介が見ている。

――必ずうまくいくよ。

目を閉じて富士太郎は思った。

――庄之助を捕らえることができれば、きっと珠吉も大丈夫だよ。傷もよくなって、起き上がれるようになるさ。

両手を合わせて、富士太郎は神に祈りたい気分である。

三

頭巾を深くかぶっているものの、ふくよかなだしのにおいが不意にどこからか入り込んできて直之進は、蕎麦切りが食べたいな、と強く思った。しかし、今から松川《まつかわ》屋の主人と話をつけねばならないと考えたら、少し気が重くなった。

秀士館の師範代をつとめて以来、剣で生計を立てることができるようになり、直之進は交渉事が億劫《おっくう》になってきている自分に気づいている。

正直にいえば、人と会うこと自体、面倒だな、と思うことが少なくないのだ。前はこんなことはなかった。今は妻のおきくと一粒種《ひとつぶだね》の直太郎《なおたろう》と一緒にいられれば、ほかになにも望まなくなっている。

――いったい俺は、なにを甘えたことをいっておるのだ。

たわけ者め、と直之進はおのれをきつく叱りつけた。

――こんなざまでは、今も重い傷と戦っている珠吉に顔向けができぬぞ。しっかりするのだ。

珠吉が必死にがんばっているのに、怪我など負っておらず、五体無事の自分が、たかが交渉事に怯《ひる》んでいてどうするというのだ。

よし、と全身に気合をこめた直之進は背筋を伸ばし、しゃんとした。

角を右に折れると、道の左側にかわせみ屋の建物が見えた。

庄之助に一方的にやられたときのことを思い出し、直之進は顔をゆがめた。

あのときもし庄之助が手を止めていなかったら、直之進はまちがいなく死んでいた。

――それでも、次に庄之助と戦うときは必ず勝ちたいものだが……。

今度、相まみえるときはまちがいなく真剣を用いての戦いになろう。それで勝てなければ、確実に死が待っている。

――どうすれば庄之助に勝てるか。

今のところ、その手立ては見つかりそうもない。なにしろ、彼我《ひが》の実力の差がありすぎるからだ。

――だが、きっとなんとかしてみせる。いや、なんとかしなければならぬ。

おきくや直太郎を置いて、あの世に行くわけにはいかないではないか。仮に直之進が死んでも、米田屋のあるじの琢ノ介が必ず面倒を見てくれるだろうから、おきくたちが路頭に迷うことはないはずだ。

それはそうだが、なんとしても直之進は生きていたい。おきくと一緒の道をこれからもずっと歩んでいきたいし、直太郎の成長も見届けたい。

――俺は必ず庄之助に勝つ。

直之進の目には、勝利の瞬間しか見えていない。自分が死ぬ図など、思い描けないのだ。

――必ず勝てる。

もう一度、自らにいい聞かせつつ、直之進は頭巾をかぶり直した。

かわせみ屋の前を通りかかると、直之進は頭を上から、ぎゅっと押さえ込まれたような気分になった。

――どうやら店に庄之助はいるようだな。

直之進の頭を押さえ込んでいるのは、巨大な気の塊である。

――しかし、これだけの気を持つ男は、この世にそうはおらぬだろう。それだけの器を、なにゆえ公儀の転覆になど使おうというのか。別のことに使えば、必ずや大業《たいぎょう》をなせる男だと思うのだが……。

正直、直之進にはその存念《ぞんねん》が、さっぱりわからない。

庄之助という男は、まっしぐらに滅びへと突き進んでいるように思えてならないのだ。

自らをどうにも御《ぎょ》することができず、破滅に向かって突進してしまう男がいるという話を直之進は聞いたことがあるが、まさかそんな男とじかに対峙する日がこようとは、夢にも思わなかった。

──それでも俺は負けぬ。

かわせみ屋の斜向《はすむ》かいにある松川屋という蕎麦屋の前に、直之進は立った。軽く息を吸ってから暖簾を払い、中に入る。

十五坪ほどの広さと思える店内には、小上がりが六つあった。まだ刻限が四つ過ぎと早いこともあり、客は若い男が一人しかおらず、小上がりはその一つだけが埋まっていた。若い男はもう蕎麦切りを食べ終えているようだ。

左側に二階に上がる階段がしつらえてある。

「いらっしゃいませ」

笑みを頬にたたえて、小女《こおんな》が寄ってきた。

「ああ、済まぬ。俺は客ではないのだ」

「えっ、さようでございますか」

かわいらしい笑みが消え、小女が戸惑いの顔になった。

「済まぬが、あるじを呼んでもらえぬか」

「あの、お武家さま、どのようなご用件でしょう」

おそるおそるという感じで、小女がきいてきた。いかにも勇気を振りしぼったという顔をしている。

——こんなまだ年若い娘でさえ、こうしてがんばっているではないか。男の俺がしっかりせずにどうするのだ。

娘を見つめて、直之進は丹田《たんでん》に力を込めた。

「実は、あるじに頼み事があってな」

「頼み事とおっしゃいますと」

小首をかしげて小女がきいてきた。

「俺は、いま公儀の命で働いておるのだ」

「えっ、ご公儀でございますか」

目をみはって小女が問う。

「その通りだ」

これは直之進がいったわけではない。誰か別の人物が、直之進の背後から唐突にいったのである。

なんだ、と直之進は後ろを振り返った。

驚いたことに、暖簾を払って中に入ってきたのは、富士太郎の上役である荒俣土岐之助だった。

店の外に土岐之助が立っていたことなど、直之進はまったく気づいていなかった。

——迂闊《うかつ》だったな。荒俣どのだからよかったものの、もし庄之助だったら、どうなっていたか……。

「荒俣どの、なにゆえここに」

直之進のそばに立った土岐之助が、にこりと笑いかけてきた。

「湯瀬どのだけでは、己が身分を証《あか》すものがなく、この店の者を説得するのに苦労されるのではないかと思い当たりましてな」

「ああ、それはかたじけなく存じます」

直之進の頭は自然に下がった。正直、直之進は百万の援軍を得た思いである。

たかだか、松川屋の斜向かいにあるかわせみ屋の監視をするために二階の窓際を貸してほしい、と頼むだけのことであるから、土岐之助がいなくても、なんとかなる自信は直之進にはあった。

しかし、土岐之助が松川屋のあるじとの交渉をしてくれるというのだ。これは、今の直之進にとってありがたいことこの上ない。

なにしろ土岐之助は、町奉行所の与力《よりき》という要職に就いている男である。正真正銘、公儀の一員だ。

その土岐之助が一言《ひとこと》いえば、あるじも決して怪しむことなく二階を貸してくれるにちがいないのだ。

もっとも、いま土岐之助はかわせみ屋の者の目を引かないようにと、まるで浪人のような恰好をしている。一本差《いっぽんざし》で、紺色の小袖《こそで》の着流し姿である。

——この形《なり》なら、荒俣どののことを知らぬ者は、よもや南町奉行所の与力とは思うまい。

「わしは南町奉行所で与力をつとめる荒俣と申す。娘さん、主人を呼んでくださるか」

「承知いたしました」

すぐに小女が奥に向かい、入れ替わるようにして一人の男がねじり鉢巻を取りながら出てきた。小女は男にいい含められたのか、奥に引っ込んだままだ。

「あるじの滝之助《たきのすけ》と申します」

足を止めて主人が名乗った。歩を進めた土岐之助が滝之助の前にずいと立った。滝之助が気圧されるような顔になった。

「おぬしにいささか頼みがあってな」

土岐之助が小声で滝之助に話しかけた。これは、声が外に漏れることを恐れているからだろう。

しかし、小上がりにいてこちらに背中を向けている客には聞こえているのではあるまいか。直之進は危ぶんだ。

「はい、どんな御用でしょう」

「わしは荒俣土岐之助と申す」

「荒俣さまでございますね。どうか、お見知り置きを……」

滝之助が深々と頭を下げる。

「こちらこそ、よろしく頼む」

笑みを浮かべて土岐之助が会釈を返した。

「それであるじ、二階を貸してほしいのだが」

「ええ、もちろん構いません。窓際がよろしいですか」

「あるじ、心得ておるな。うれしいぞ」

「いえ、そこまで褒められるようなことではありません」

それでも、滝之助がにこにこと笑んだ。

「かわせみ屋さんの動きを見張られるのでございますね」

「そうだ。わしらとしてもあまりしたくはないのだが、読売屋を監視するようにお奉行から命じられておるのでな……」

「特にかわせみ屋さんは、御政道《ごせいどう》に対して厳しくいうことが多いみたいですから、御番所の目が向くのも致し方ないでしょうね」

「よくわかっておるな」

どうやら土岐之助は、庄之助が公儀転覆を企んでいることを滝之助には伝える気はないようだ。町奉行所の役目の一つとして、ただの監視をするのだと滝之助に告げている。

「今から、お上がりになりますか」

「頼む」

「承知いたしました」

滝之助が腰をかがめた。別に土岐之助が身分の証となるものを見せたわけではないのに、滝之助は土岐之助が南町奉行所の与力であることを、毛ほども疑っていない。

これはやはり、人としての器の大きさが物をいっているとしか直之進には思えなかった。

——つまりは人徳というやつか。

「では、ご案内いたします」

滝之助にいざなわれ、うむ、と土岐之助が鷹揚《おうよう》にうなずいた。つと、顔を転じて小上がりを見やる。

「伊助《いすけ》、行くぞ」

へい、と小上がりに座っていた若い男がいきなり返事をして立ち上がった。直之進を見て、ぺこりと頭を下げてくる。

——なんだ、この男は荒俣どのの配下の一人だったか。

だから、滝之助との話が筒抜けでも土岐之助はまったく構わなかったのだ。

「湯瀬どの、この伊助は金之丞という岡っ引が使っていた下っ引ですよ」

土岐之助が直之進に紹介する。

「金之丞というと確か……」

「まあ、その話は二階に上がってからにいたしましょう」

金之丞は、庄之助に殺されたとしか思えない。さすがにそのことを、土岐之助としては滝之助の前で話すわけにはいかなかったようである。

直之進たちは階段を上がった。二階は、二十畳は優にある広々とした座敷になっていた。客はまだ一人もいなかった。

「では、こちらにどうぞ」

滝之助にいわれ、直之進と土岐之助、伊助の三人は窓際に陣取った。

「いま衝立《ついたて》をお持ちいたします」

「頼む」

辞儀をして、その場を滝之助が去った。さっそく土岐之助が障子を開けた。

「うむ、よく見える」

下をのぞき込んだ土岐之助がいい、直之進もかわせみ屋に目を向けた。道を挟んだすぐそこに、かわせみ屋はある。

これだけ近ければ、人の出入りを見逃すはずがなかった。

「こちらに立てますね」

二つの衝立を持ってきた滝之助が、直之進たちの広間側にそれらを置いた。これなら、と直之進は思った。広間に大勢の客が来ても、じろじろと見られるようなことはなかろう。直之進は、かたじけない、と滝之助に礼をいった。

「いえ、なんでもないことですよ。では、ごゆっくりどうぞ」

微笑して滝之助が階段を下りていった。それを見て土岐之助が、湯瀬どの、と呼びかけてきた。

「先ほども申したが、この伊助は、庄之助に殺された金之丞の下っ引だった男です。なんとしても金之丞の仇を討ちたいということで、このあいだ、わしのもとに直訴《じきそ》にやってきたのですよ。その思いになんとしても応えてやらなければ、と考え、わしは今日、伊助にここに来るようにいっておいたのです」

「ああ、さようでしたか」

それはまた胸が熱くなるような話ではないか、と直之進は思った。

——親分の無念を晴らしたくてならぬのだな。なんとしてもこの伊助という男に、金之丞の仇を討たせてやりたい……。

直之進は実際、金之丞が上野《うえの》の寛永寺《かんえいじ》近くで庄之助の配下とおぼしき者たちに襲われたところを助けてもいるのだ。金之丞と縁がないわけではない。

直之進を見て、土岐之助が言葉を継ぐ。

「この伊助を、なにに使おうとも構いませぬ。わしとのつなぎに使ってもよいし、もちろん向島にいる富士太郎たちとのつなぎに使ってもよい。湯瀬どのが休んでいる最中に、かわせみ屋の見張りをさせておいてもよい。金之丞の仇を討つために、伊助はとにかく張り切っておりますから」

言葉を切って、土岐之助が伊助に目を転じる。伊助は、生き生きとした瞳で土岐之助を見ていた。

「伊助、この湯瀬直之進どのは、とても頼りになるお方だ。剣の達人でもある。湯瀬どののいうことをきいておれば、必ず金之丞の仇を討つことができよう。わかったか」

「はい、よくわかりました」

決意を感じさせる顔で伊助が答えた。

「湯瀬さま、どうか、よろしくお願いいたします」

畳に手をつき、伊助が直之進に向かってこうべを垂れてきた。

「こちらこそよろしく頼む」

真摯《しんし》な口調で直之進はいった。

「湯瀬どの」

低い声で呼びかけて、土岐之助が真剣な顔を向けてきた。

「本来なら、かわせみ屋を見張るのは町奉行所の役目です」

土岐之助を凝視して、直之進は次の言葉を待った。

「しかし我ら町奉行所の者がここから見張るのでは、庄之助は必ず覚《さと》りましょう。町奉行所の者のにおいを、庄之助という男は確実に嗅ぎ分けるような気がいたします」

確かにそうかもしれぬ、と直之進は思った。

「監視していることを覚られては、庄之助は決してしっぽをつかませぬでしょう。ですので、今は湯瀬どのが頼りです。それがしは、庄之助という常道《じょうどう》を踏み外した男を捕らえ、馬鹿げているとしかいいようがない企みを、なんとしても阻止したく考えております」

「それは、それがしも同じ思いです」

土岐之助を見て直之進はきっぱりといった。

「それは心強い」

土岐之助が穏やかな笑みを頬に浮かべた。

「それと、荒俣どの、一つききたいことがあるのですが」

「はい、なんでしょう」

直之進を見返して、土岐之助が居住まいを正す。

「向島にいる富士太郎さんたちにつなぎを取るのに、居場所がわからぬのではどうにもなりませぬ。富士太郎さんたちは、向島のどこにいるのですか」

「ああ、申し訳ござらぬ」

直之進に向かって土岐之助が謝った。

「それがしとしたことが、肝心なことをいい忘れておりもうした。富士太郎には、向島の奈良福という料理屋を、監視の根城にするようにいってあります」

「料理屋の奈良福……」

聞いたことがあるな、と直之進は思った。

――いや、聞いたことがあるだけではない。是非とも行ってみたいと思ったことがある店ではないか。

「向島の奈良福といえば、相当に有名な料理屋ではありませぬか」

直之進は、いずれおきくと直太郎を連れていきたいものだと考えている。

「はい、その通りです」

直之進を見て土岐之助がうなずく。

「料理の味が特にいいことで知られていますよ。奈良福は、三囲神社からさほど遠くない場所にあります。ですので、例の向島の家ともさほど離れておりませぬ。奈良福は、黒い屋根瓦が目立つ二階屋ですから、すぐにわかると思います」

「黒い屋根瓦が目印ですね」

「ええ、とてもきれいな屋根ですよ」

「奈良福とは、荒俣どのは懇意にされているのですか」

「まあ、そうですね。顔は利きますよ」

ほう、と直之進は声を漏らした。

「あれだけの名店に顔が利くとは、荒俣どのは、奈良福になにか恩を売ったことでもあるのですか」

その直之進の言葉を聞いて、土岐之助が苦笑する。

「まだそれがしが若かった時分ですが、あの店の一つの命を救ってあげたことがあるのですよ。三囲神社の近くにあるといっても、奈良福は小梅村《こうめむら》にありまして、町奉行所の縄張内なのです。ゆえに、それがしは力を貸すことができたのですよ」

「小梅村は墨引内《すみびきうち》ということですね」

墨引内は、町奉行所の手が及ぶ範囲のことを指す。

「さようです」

「奈良福の一つの命を救ったといわれましたが、荒俣どのは、いったいなにをされたのですか」

興《きょう》を抱いた直之進はすぐさまたずねた。

「いや、それがしは決して大したことをしたわけではありませぬ。身の代目当てに奈良福の一人娘のおよしをかどわかした悪人がおりましてね。それをとっ捕まえて、まだ五つだったおよしを無事に取り返しただけですよ」

「えっ、それはすごい」

目をみはって直之進は土岐之助を見た。

「実に大したことではありませぬか」

横で伊助も驚いている。

かわせみ屋のほうへとちらりと眼差しを投げて、これまでと変わりないのを直之進は確かめた。

「荒俣どの、どうか、詳しい話をお聞かせください」

直之進が頼み込むと、わかりました、と土岐之助がいった。

「それがしがそのかどわかしの探索の指揮を執ったのですが、およしがかどわかされる数日前から、遊び人風のいかにも怪しい二人組が徘徊《はいかい》しているのを、小梅村の村人が何人も目にしていましてね」

「その二人組が、およしという娘をかどわかしたのですか」

「それがちがったのです」

苦笑いを見せて土岐之助がいった。

「奈良福から、娘がかどわかされたという知らせを受けたそれがしは、その遊び人風の二人が怪しいとみて、すぐさま村人たちに話を聞き、人相書をつくりました。丹念な聞き込みの末、その二人の居場所は判明しました」

さすがに素早いな、と直之進は感心した。

「向島の淫売宿《いんばいやど》にいるとのことで、早速それがしは乗り込み、二人から話を聞きました。しかし、その二人は相模《さがみ》の在所《ざいしょ》から向島に遊びに来ていた若者に過ぎませんでした。およしのかどわかしとは、まったく関係なかったのですよ。二人が村を徘徊していたのは、淫売宿を探していたからでした。あの手の宿は、すぐにはそうとわからぬ場所にありますからね」

「さようでしたか。それでしたら、荒俣どのはどうやって、その一件を解決したのですか」

「それが、たまたま淫売宿にいたその二人組から、耳寄りな話を聞けたのです」

「ほう、耳寄りな話といいますと」

直之進は土岐之助に少し顔を寄せた。

「その二人組は、およしとおぼしき娘の手を引いて道を歩く女の姿を見ていたのです」

「女の姿を……」

「二人組は、人相書をつくれるほどはっきりと女の顔は見ていなかったのですが、どこぞの女中らしい恰好をしていたのはわかったのです」

「女中ですか。なにゆえ女中らしいとわかったのですか」

それなのですが、と土岐之助がいった。

「その女は襷掛《たすきが》けをしていたのですよ。もちろん、襷だけで女中だと判断を下せるわけではありませんが、二人組の証言によると、それが昼を過ぎた八つ頃だったのです」

直之進が、土岐之助を見て先をうながす。

「その刻限ですと、およしは奈良福の敷地内で遊んでいたのが、はっきりしている。となれば、店の何者かがおよしを人目につかぬように外に連れ出したか、下手人を敷地内に手引きしたのではないかという結論にそれがしは至りました」

それはもっともな話だな、と直之進は思った。

「そして、奈良福の内情を当たってみたところ、二月《ふたつき》ばかり前に雇い入れられたおたまという女中が、怪しいということになったのです」

「なにゆえそのおたまが、怪しいということになったのですか」

「おたまは特に子供好きというわけではありませんでした。それが奈良福の娘に、何かというと菓子やら小遣いやらを上げて、手なずけようとしていた形跡があったからです」

――しかしその女は、ずいぶんとわかりやすい手立てをとったものだな……。

「それがしは、すぐにおたまと話をしました。最初はしらばっくれていたのですが、締め上げると、かどわかしに手を貸したことをあっさりと白状しました」

「そのおたまという女は何者だったのですか」

直之進はさらに問いをぶつけた。

「およしをかどわかした下手人の情婦《じょうふ》でした」

それもまた、よくある図式である。

「おたまが白状したことで、およしの居場所が知れ、それがしは配下を率いて一気に踏み込みました。その家には男が三人おりまして、身の代を要求する手はずをととのえているところでした。およしの無事な姿を見たとき、それがしは喜びがこみ上げてきましたよ」

にこにこと土岐之助が笑った。

――なるほど、そういうことだったか。

直之進は合点がいった。

「それだけの恩を売っているから、荒俣どのは奈良福に無理が利くのですね」

「まあ、そういうことですね」

直之進を見て土岐之助が認めた。

「かどわかされたおよしが今の女将ですから、なおさら顔が利きますよ」

「ああ、そういうことですか」

そこまで聞いて、直之進は心の底から納得できた。

「では、それがしはこれで失礼いたします」

すっくと立ち上がった土岐之助が、衝立を少しどかした。できた隙間から広間に出る。

「ああ、そうだ」

土岐之助が少し明るい声を上げた。

「湯瀬どの。いくらでも蕎麦切りを食べられるよう、この店に金を払っていくゆえ、どうか、ご存分に召し上がってくだされ。伊助も遠慮はいらぬぞ」

「それはかたじけない」

直之進は土岐之助に向かって低頭した。ありがとうございます、と伊助も土岐之助に礼をいった。

直之進たちにうなずいてみせてから、土岐之助が階段を下りはじめた。その姿はすぐに見えなくなった。

それを見届けた直之進は、伊助に穏やかに語りかけた。

「では、監視をはじめるとするか」

「はい」

直之進を見て伊助が大きく首を縦に振った。

軽く息を入れた直之進は伊助とともに、さっそくかわせみ屋の監視を開始した。

かわせみ屋の建物自体、あまり見つめすぎないように直之進は注意した。そのことを伊助にもいった。

なにしろ、相手はあの庄之助なのだ。屋内にいても、こちらの眼差しを感じ取るかもしれない。

――公儀転覆を考えるなど、気が触れているとしか思えぬが、ともかく、やつが化け物であることに変わりはないのだからな……。

庄之助という男は、注意して、しすぎるということは決してない相手である。

四

朝の四つ頃からどういうわけか、気に入りの居間に座していても居心地が悪く感じられてならず、庄之助は不機嫌さを隠せずにいるものの、書見をすることで、なんとか平静を保とうとしていた。

――しかし、いったいなんなのだ、この気持ち悪さは……。

さっぱりわけがわからず、庄之助はぎりぎりと歯嚙みをした。頭に、書の中身はまったく入ってこない。

どういう書を文机に開いているのか、忘れてしまったくらいだ。

やはり、と書から目を上げて庄之助は思った。盟友だった沢勢を殺されたことが、心の持ちように影響しているのか。

それも当たり前だろう。沢勢は竹馬の友といってよい男だったのだ。

その男を失って、平然としていられるほうがどうかしている。

──沢勢の無念を晴らすために、なんとしてもあの男を討たねばならぬ。

庄之助の脳裏に浮かんでいるのは、この前の晩、桜源院に忍び込んできた男である。


──あの男が沢勢を殺《や》ったのだ。まちがいあるまい。

庄之助は確信している。沢勢は宝蔵院流の達人だった。あれだけの腕の持ち主を討てる者など、この世にそうはいない。


──その数少ない業前《わざまえ》を持っているのがあの男だ。

桜源院に忍び込んできて庄之助と戦ったあの男は、背中を見せて逃げ出していったが、それでも、沢勢と互角にやれる腕前は感じられた。

沢勢があの男に殺られてしまったのは、真剣勝負での場数の差が、出てしまったためではないか。

きっとそうにちがいあるまい、と庄之助は思った。あの男が場数だけは多く踏んできているのは、庄之助との戦い方からしても明らかである。

あのときあっさりと庄之助の前から逃げたのも、場数を踏んでいるゆえだろう。数多くの真剣勝負を重ねてきたことで培《つちか》われた勘が、そうさせたにちがいないのだ。

眼前の壁を見つめ、庄之助は思案した。

——どこに行けば、やつに会えるのか。

佐賀《さが》大左衛門《だいざえもん》がつくり上げた秀士館ではないか、という気がしてならない。

——湯瀬直之進は将軍の催した上覧試合で二位になったとのことだ。湯瀬があの男の仲間ということは考えられぬか……。

十分に考えられる。

——公儀を転覆させる前に、あの男と大左衛門を血祭りに上げるというのも悪くないのではないか……。

口元をゆがめて、庄之助は舌なめずりした。やってみるか、という気になったが、すぐに小さくかぶりを振った。

——いや、いま俺たちが真っ先に目指すべきはやはり公儀の転覆だ。裏切り者の大左衛門も、沢勢を殺したあの男も憎くてならぬが、結局は私怨《しえん》でしかない。今は、己《おの》がことは横に置いておくのがよかろう……。

だが、いずれ大左衛門もあの男も始末するつもりである。

——のちの楽しみというやつだな。

軽く息をついて、庄之助は文机の上の書をぱたりと閉じた。

——ところで、樺山の中間はどうなったかな。あれから二日、さすがに、もうくたばったか……。

樺山を闇討ちし損ねたと兵庫から聞いたときは、しばらく動かぬほうがよいと考えたが、こうしてかわせみ屋でじっとしているのにも、庄之助は飽きてきた。

——目的を遂《と》げるために、そろそろ動かねばならぬ。

いつまでも、かわせみ屋に居続けるわけにはいかない。武器の調達に加え、公儀を倒すための人も集めなければならないからだ。

——いくら公儀に目をつけられているからといって、ここにいてはなにもできぬ。

公儀の転覆に使う人数については、向島の家にある軍用金を持って人足寄場《にんそくよせば》のある石川島《いしかわじま》に赴《おもむ》くつもりでいる。

——金で釣れば、石川島ならばいくらでも人は集められよう。

人足寄場にいる者たちは、無宿《むしゅく》人《にん》や浮浪人《ふろうにん》ばかりである。やつらは、公儀にうらみや不満を抱いている者たちであろう。少なくとも、庄之助はそう思っている。

庄之助は、一人につき十両もの金をやるつもりでいる。五千両もあれば、軽く五百人以上の荒くれを雇うことができるはずだ。

――それでも、我らには一万八千両の金があるからな。

五千両を使ったところで、まだ一万三千両の金が残っているのだ。

この一万三千両が、武器を購うための費《つい》えとなる。

大量の武器をどこで入手するか、庄之助はすでに目処《めど》をつけている。

庄之助の生まれた地である四谷御簞笥町《よつやおたんすまち》に住まっている御家人たちは、鉄砲を数多く所有しているのだ。簞笥というのは、もともと武器を意味する。

庄之助は、御簞笥町の御家人の二十人ばかりと話をつけてある。まだ代金を払っていないから受け取りには行っていないが、その二十人から買いつけた鉄砲は、百挺《ひやくちよう》にも及ぶのである。

一挺百両という破格の値で買うと告げたら、庄之助が話を持ち込んだ者すべてが、喜んで飛びついてきたのだ。誰もがまさに欣喜雀躍《きんきじやくやく》の態《てい》だった。

――それだけ、あの者たちの暮らしが苦しいということだ。

今の公儀が政《まつりごと》を行っていては、人々の暮らしが楽になることは決してない。この政がずっと続いていては、人々はさらに困窮していくしかない。国の舵取《かじと》りを今の公儀に任すことは、もはや百害あって一利なしでしかないのだ。

公儀を倒すのは、と庄之助は思った。

――俺に与えられた使命なのだ。

きっとやり遂げてみせよう、と庄之助は天にかたく誓った。

――公儀の転覆をものの見事にやり遂げれば、俺が行き当たりばったりで動いてなどいなかったことを、お吟もきっと解するにちがいあるまい……。

行き当たりばったりで、公儀の転覆などやれるはずがないからだ。

早くその日がやってこぬものか、と庄之助は願った。代金を大八車にのせて御簞笥町に行き、百挺の鉄砲を入手した数日後に決起という手はずになっている。

――楽しみでならぬ。

そう思った途端、ぐるるる、と盛大に腹が鳴った。公儀転覆を行おうとする者も、と庄之助は考えた。

――他の愚者《ぐしゃ》どもと同様、腹は空くのだ。

手で腹をさすってみたが、そんなことで空腹が紛《まぎ》れるはずもなかった。

――松川屋に行くとするか。

斜向かいにある松川屋にはこれまで何度か足を運んでいるが、あの店の蕎麦切りはかなりいけるのだ。

――あれだけの蕎麦切りを供するところが近所にあるというのは、とてもありがたいものよ。

公儀の転覆を成し遂げた暁《あかつき》には、と庄之助は思った。

――松川屋の店主をお膳番《ぜんばん》にでもしてやるか。さすれば、あの店主も喜ぶにちがいあるまい。

いつしか、胸にくすぶっていた気持ち悪さは消えていた。すっくと立ち上がった庄之助は刀架《とうか》に架かっている脇差を腰に差し、居間を出た。

松川屋に行く前に、読売をつくっている仕事場をのぞいた。

今日も、かわせみ屋の奉公人たちは張り切って仕事をしている。誰もが生き生きとした目で仕事に励んでいた。

ふむ、とつぶやいて庄之助は顎をなでさすった。

――公儀の転覆を成し遂げたあと、この者らをどうするか。

なにか役目を与えなければならない。

――俺が新たな公儀をつくり上げたのち、その公儀のよいところをこの者らに喧伝《けんでん》させてもよいか……。

それなら、この者たちも職を失うことにならない。

――よし、俺のつくった新たな公儀がいかに素晴らしい働きをするか、この者らに喧伝させよう。皆の暮らしをよくするためにこの俺がどれだけ力を尽くしているか、それを卑賤《ひせん》の者どもに知らしめるのに、恰好の役目ではないか。

そんなことを思いながら、庄之助は廊下を歩きはじめた。土間で雪駄を履き、くぐり戸の閂を外した。

くぐり戸を開けて外に出る。陽射しが少しまぶしかった。

――はて、いま誰かが俺を見ていなかったか……。

面を上げ、庄之助はあたりを見回した。だが、そのような者は誰もいない。

かわせみ屋の向かいに建つ家は長いこと空き家になっており、二階の雨戸はいつもと同様、がっちりと閉まっていた。もし雨戸が開いていれば、誰かがそこにいてかわせみ屋を監視していたことは一目瞭然である。

空き家の左隣に建つ松川屋の障子窓も、開いているところは一つもない。空き家の右隣は平屋で、戸口の板戸はしっかりと閉まっていた。

通りを行き過ぎる者も、誰一人として不審な動きを見せていない。

――ふむ、俺の勘ちがいか。

やはりこれまでの疲れが出ておるのか、と思いつつ庄之助は道を足早に横切り、松川屋の暖簾を払った。

いらっしゃいませ、と小女が明るい声を投げてくる。

昼にはまだかなりある刻限のせいか、六つある小上がりのうち、五つが空いていた。

「ここに座ってよいか」

右側の一番奥の小上がりを、庄之助は指さした。

「どうぞ、お座りください」

笑みを浮かべて小女がいった。雪駄を脱ぎ、庄之助は小上がりに座した。

小女が畳の上に茶の入った湯飲みを置く。

「ざる蕎麦を二枚もらおう」

小女を見上げて庄之助は注文した。

「ざるを二枚ですね」

「できるだけ早く頼む」

「はい、承知いたしました」

庄之助に辞儀をして、小女が厨房《ちゅうぼう》に注文を通しに行く。

——楽しみだ。

手をさすってから、庄之助は茶を喫した。茶はひどく薄い。もっと濃いのを供してくれればよいと思うが、茶は高価である。こうして出してくれるだけで、ありがたいと思わなければならない。

湯飲みを畳に置いて息をついた庄之助は、首をかしげた。

――はて、なにやら妙な気配がする。これは、なんだ……。

むう、と声を出して庄之助は天井を見上げた。妙な気配は、頭上から漂ってきているような気がする。

――二階に誰かいるのか。

いても、なんら不思議はない。二階は広い座敷になっており、客がいて当たり前なのである。

――だが小上がりがこれだけ空いているのに、二階に上がった者がいるのか……。

二階に上がったのは、小上がりに入りきれないほどの人数だったからか。

いや、静けさからしてそれだけの人数が二階にいる感じはしない。

――それにしても、この妙な気配はいったいなんなのだ。

二階にいるのがどんな者なのか、庄之助は確かめたくなった。立ち上がるや、そばの階段を上りはじめた。

階段はすぐに尽き、庄之助は二階の座敷に出た。

驚いたことに、若い男が座敷の真ん中で横になっていた。眠っているかのように目を閉じている。

「おい、おまえ——」

近づいて庄之助は若い男を見下ろした。

「ここでなにをしておる」

びっくりしたように若い男が跳ね起きた。上体を起こした姿勢で、まじまじと庄之助を見上げる。

「なにをしておるとは、あの、なんのことでしょうか」

おずおずとした目で、若い男は庄之助を見ている。

「おまえ、なにゆえここで寝ておるのだ」

「あ、ああ、そのことですか」

畳に端座《たんざ》し直して若い男が、喉仏をごくりと上下させた。

「先ほど、下で蕎麦切りをいただいたのですが、どういう加減か、気分が悪くなってしまいまして……。今なら上には誰もいないからと店主にいわれて、ここで休ませてもらっていたのです」

確かに、男はひどく青い顔をしている。具合はよくなさそうに見える。

――つまり、こやつの気分の悪さが、下にいた俺に伝わってきたということか……。

庄之助には、そうとしか思えなかった。

――それに、こやつはずいぶんと人のよさそうな顔をしておる。悪さができるような者ではなかろう。

若い男をじろりと見て、庄之助はそう判断を下した。

「まだ気分の悪さは治らぬか」

「おかげさまで、だいぶよくなりました」

胸を押さえて若い男が答えた。

「それはよかったな」

「ありがとうございます」

若い男が丁寧に頭を下げる。

「邪魔したな」

階段に向かおうとして、庄之助は座敷の端の押し入れのそばに、二つの衝立が立てあるのを目にした。

――むっ。

足を止め、庄之助は衝立を凝視した。衝立の陰に、誰かがひそんでいるような気がしてならない。

――あそこに誰か隠れておるというのか。ふむ、いったい誰が、こんなところでかくれんぼなどしておるのだ……。

衝立に向かって庄之助は足を踏み出した。その途端、背後から叫び声が聞こえた。

「あいたたた」

若い男がいきなり悲鳴を上げたのだ。

「どうした」

驚いた庄之助は振り向いてたずねた。

「い、いえ、さ、差し込みです。き、急に胸が痛んでまいりまして……」

胸を押さえ、若い男が苦しげな顔でいう。額に脂汗が浮いているのが見えた。

すぐさま体《たい》を翻《ひるがえ》し、庄之助は若い男に近づいた。

「おい、医者は要るのか。必要なら呼んでやるぞ」

「い、いえ、要りません」

顔をゆがめつつも、若い男が小さく手を振ってみせた。

「さ、差し込みは、て、手前にはよくあることで……。じ、じっとしていれば、そのうちよくなります」

そうか、と庄之助はいった。

――要らぬと本人がいうのだから、医者を呼ぶことはあるまい。

衝立に向かって、庄之助は改めてずんずんと足を進めた。

――さて、いったい誰が隠れておるのか。

衝立のそばに立った庄之助は、首を伸ばしてのぞき込んだ。

――むっ。

拍子抜けしたことに、衝立の陰には誰もいなかった。

――なんと、これも勘ちがいか……。

二度も勘ちがいをしたことがどうしても信じられず、庄之助は首をひねらざるを得なかった。

――先ほど感じた目といい、俺は疲れているのであろう。ここしばらく熟睡できておらぬせいかもしれぬ……。

大きく息をつき、庄之助は何度か首を横に振った。

「邪魔したな」

若い男に先ほどと同じ声をかけて、庄之助は階段に向かった。

――うまい蕎麦切りを食して、気を取り直すしかあるまい。

もう蕎麦切りが小上がりに運ばれているかもしれぬ、と思ったら空腹が耐えがたいものになった。

一刻も早く蕎麦切りにありつきたく、庄之助は階段を一気に下りた。

五

もう大丈夫ですよ、という伊助の声が届き、押し入れにもぐり込んでいた直之進は安堵の息をついたものの、すぐに座敷に出ていく気にはならなかった。

まだ鼓動が激しいままなのである。

一応、直之進は押し入れの外の気配を探ってみた。

確かに、気配は感じない。庄之助は階下に去ったようだ。

先ほど聞こえた足音は、庄之助が階段を下りていったものだったのだろう。

いま大きな気の塊は、階下のほうから感じ取れる。

──よし、まことに大丈夫だな。

確信した直之進は押し入れの襖《ふすま》を開けて、座敷に這い出た。

ようやく明るいところに出られて、気持ちが軽くなった。どうやら、鼓動も静まりつつある。

「しかし驚いたな」

衝立の陰で立ち上がった直之進は後ろ手に押し入れの襖を閉めながら、近くまでやってきていた伊助に語りかけた。もちろん、下にいる庄之助の耳に届かないように、声をひそめている。

「ええ、まったくです」

額に浮いた汗を、伊助が手の甲でぬぐう。

「庄之助がかわせみ屋を出てきたときも、驚きましたが……」

かわせみ屋を監視している最中、直之進は大きな気の塊が屋内を動いているのを知ったが、まさかこんなに早く庄之助が外に出てくるとは思っていなかった。

くぐり戸から出てきた庄之助の姿を目にした瞬間、まずい、と直之進は即座に眼前の障子を閉めた。そのとき、閉じる音がほとんど立たなかったのは幸いだった。

その後、庄之助が松川屋に蕎麦切りを食べに来たことがわかった。

下にいるはずの庄之助に気配を覚られないように気息《きそく》を殺し、じっと動かずにいたが、さすがに庄之助というべきか、なんらかの異変を二階に感じ取ったらしい。

庄之助が階段を上がってくるのを知って、直之進は急いでそのことを伊助に告げたのである。

「湯瀬さまが、庄之助がやってくるとささやかれたとき、どこに隠れればよいかわからず、手前は途方に暮れました。それで、座敷に横になるしかないと腹をくくりました……」

それは、直之進が二つの衝立を別の場所に動かそうとしていたときのことである。

窓際に衝立が立ててあったのでは、かわせみ屋の張り込みをしていたことに、庄之助が気づくかもしれない。

押し入れ近くに置いた二つの衝立の陰に身を置いてはみたものの、いつ庄之助に感づかれるか、直之進はひやひやしていた。

そして実際に、庄之助がなにかを感じたらしく、こちらに近づいてきたのがわかったとき、心の臓が跳ね上がるような思いがした。

どうすればよいか、そのときの直之進にはすぐさま判断がつかなかった。いつでも刀を抜けるようにするのが、できる精一杯のことだった。

じっと身構えていたら、いきなり、いたたた、という伊助の声が聞こえてきた。

さらに、どうした、という庄之助の声まで耳に届いた。

庄之助が悲鳴を上げている伊助に近づいていくのを知って、直之進は素早く静かに襖を開け、押し入れにもぐり込んだのである。

押し入れにひそんでいるときも、正直、生きた心地はしなかった。いつ庄之助が襖を開けるか、どきどきしながら息をひそめていたのである。

「それにしても伊助、よく差し込みという芝居をしてくれた。あれで庄之助は、おぬしに気を取られたからな。おぬしが芝居をしているあいだに、俺は押し入れの中になんとか移ることできた」

その際も、押し入れの襖が開く音が庄之助の耳に届きはしなかったかと、直之進は気が気でなかった。

「あの芝居は咄嗟《とっさ》にやりました」

まだ青い顔をして伊助が答えた。

「咄嗟だったからこそ、あんな芝居ができたような気がします……」

「頭で考えるより先に、体が動いたか。しかし伊助は外見に似ず、よい度胸をしておるのだな」

伊助がすごい男に思えてならなかった直之進は、褒めたたえた。

「いえ、そのようなこともないのですが……」

照れたように伊助が小さく笑った。

「とにかく庄之助に我らが監視していることがばれず、まことによかった」

もし露見していたら、いったいどうなっていたか。

俺はあの場で斬り殺されていただろうか、と直之進は思った。庄之助は脇差を帯びていた。得物《えもの》が脇差であっても、相当の強さであるのは紛れもない。

——脇差の庄之助に、俺は果たして太刀打ちできていただろうか。

どうやっても無理だったような気がする。庄之助とは腕がちがいすぎるのだ。

——だが、きっとやつは俺には、なにもしなかっただろう。嘲《あざけ》りの目で俺を見るだけに済ませたのではないか。

野望をうつつのものにしようとしている最も大事なときに、いくら行き当たりばったりに人を殺してきた庄之助とはいえ、市中の蕎麦屋で人殺しに及ぶとは、さすがに思えないのである。

——おのれに監視の目がついていることを知った庄之助は当分のあいだ、かわせみ屋を動こうとはしなくなるだろう。

もしそうなっていたら、庄之助の捕縛《ほばく》は、かなり遠のくことになる。

あの男と、と直之進は思った。長くつき合っていたくない。

本音をいえば、直之進は早く終わりにしたくてならないのだ。

——とにかく、ばれずによかった。

心の底から直之進は安堵し、下にいる庄之助に覚られぬよう静かに吐息を漏らした。

第四章

一

今どうしているのだろうか、と珠吉の身が案じられてならないが、いまだに雄哲から知らせがないことから、なにも変わりがないと考えてもよいのだろうね、と富士太郎は自分をなんとか安心させた。

――そうさ、あのくらいの怪我で、珠吉がくたばるはずがないんだよ。

これまで何度も思ったことを、富士太郎はまた繰り返して思った。

いま富士太郎たちは奈良福の料理人から供された朝餉を食している最中なのだが、珠吉のことを考えていると、正直、富士太郎には味がわからなかった。

――米田屋さんのいう通り、評判の料理屋なんだから、きっと滅多に食べられないようなおいしい食事なんだろうけど……。

それなのに目の前の朝餉はまるで味気なく、富士太郎の箸は進まなかった。

――砂を嚙むような、というのは、まさにこんな感じなんだろうね……。

白身魚に白味噌でほんのりと味をつけてあるはずの主菜《しゅさい》は見るからにうまそうで、普段ならよだれを垂らすのではないかと思えるほどなのだが、そのおいしさは舌にまったく伝わってこない。

よくだしの利いているはずのわかめの味噌汁も、白湯《さゆ》でも飲んでいるかのような気しかしない。

山盛りの飯にしても米の粒が立ち、きらきらと輝いているのに、土でも口に放り込んでいるような感じでしかないのだ。

これでは、と富士太郎は茶碗をそっと膳に置いて思った。

――箸が進まないのも当然だよ……。

「おい、樺山」

向かいに座している佐之助が、箸を止めて呼びかけてきた。

「はい、なんでしょう」

手にしていた箸を箸置きにのせ、顔を上げて富士太郎は佐之助に目を当てた。

「珠吉のことが気にかかって食べられぬのはよくわかるが、今はなんとしても、食べておくのだ」

「は、はい……」

よいか、と佐之助が富士太郎を見据えて強い口調でいった。

「もしかすると、今日が勝負の日になるかもしれぬのだぞ」

佐之助の言葉の意味を、富士太郎はじっくりと考えた。

――そうか、庄之助が今日あの家にあらわれても、なんの不思議もないんだね……。

「確かにその通りです」

佐之助を見つめて富士太郎はいった。

「まことに今日、庄之助があの家にやってくるかもしれません」

「樺山、冗談でなく、今日あの家に踏み込むことになるかもしれぬのだ。食べておかぬと、肝心なときに力が出ぬぞ。珠吉が生きて、きさまが死ぬなんてことになるかもしれぬのだ」

「はい、倉田どののおっしゃる通りです」

本心から富士太郎はいった。朝の食事というのは、特に一日の活力の源となるものだ。とても大事なものといってよい。

樺山、と佐之助がまた呼んできた。

「珠吉のことを案じるのは、庄之助を捕まえてからにしろ。それまでは、庄之助を捕まえることに専心するのだ。承知か」

「はっ、承知いたしました」

背筋を伸ばして富士太郎は答えた。そうしないと、皆を悲しませることになりかねない。せっかく珠吉が救ってくれた命なのだ。大事にしなければならない。

「それでよい。わかったら、樺山、さっさと食べろ」

「承知しました」

再び箸を持ち、富士太郎は茶碗を手にした。口に放り込んでみたが、相変わらず米の味はわからなかった。

それでも、この米の一粒一粒が今日という日の役に立つのだと自らに強くいい聞かせて、じっくりと咀嚼《そしゃく》していった。

結局、飯の味はわからないままだったが、味噌汁をすってみると、その味がはっきりと伝わってきた。

やはりよくだしが利いており、美味だった。白身魚の味噌漬も塩梅《あんばい》が素晴らしく、魚の身がほんのりと甘く、実にうまかった。

――ああ、やっぱりこんなにおいしいものを出してくれていたんだねえ。こいつは是非とも珠吉に食べさせてやりたいねえ。

今は雄哲が珠吉の口をそっと開け、折りたたんだ紙を水路のようにして、水を少しずつ注ぎ込んでいるだけなのだ。

いま珠吉は水しか飲んでいないのである。どんなに空腹だろう。

――いいかい、珠吉、早くよくなるんだよ。そうすれば、こんなにおいしいものも食べられるんだからね。おいらが必ず、この奈良福に連れてきてあげるからさ。

白身魚の味噌漬を食しつつ、富士太郎は涙がこぼれそうになった。だが、目を閉じることでなんとかこらえた。

最後にたくあんをおかずにして、富士太郎は茶碗の飯を食べた。

「ごちそうさまでした」

両手を合わせて富士太郎はいった。同じ言葉を佐之助が口にする。

お粗末さまでした、と給仕《きゆうじ》をしてくれた女将のおよしが富士太郎と佐之助に辞儀する。

「女将、とてもおいしかったよ。ありがとう」

「この樺山のいう通りだ。かたじけない」

およしを見て佐之助がいった。

「こんなに素晴らしい朝餉は、正直、いつ以来だろうというくらい美味だった」

「過分な褒め言葉をいただき、まことにありがとうございます」

にこにこと佐之助に笑いかけて、およしが感謝の言葉を述べる。

富士太郎は、およしに向かって話した。

「過分なんてことはないよ。昨夜の夕餉も実においしかったし、泊まるところも提供してもらったし、今朝もこうして素晴らしい朝餉を出してもらった。ほんと、ありがたくて涙が出てくるよ」

「いえ、別になんでもないことでございます。樺山さまや倉田さま、米田屋さまには、ずっとここにいらしてもらっても構わないのです」

きっぱりとした声で、およしがいい切った。

「それだけ厚遇してくれるのは、やはり荒俣さまの口利きがあったからかい」

まさかと思うけど、と富士太郎はおよしを見て思案した。

――この女将が、荒俣さまのお子ということはないよねえ。

なにをたわけたことを考えているんだい、と富士太郎は自らを叱りつけた。

――そんなことがあるわけないじゃないか。

だがすぐに富士太郎は、しかし荒俣さまも五十を過ぎた立派な男の人だからねえ、と思った。

富士太郎と佐之助を交互に見て、およしが口を開いた。

「私は、うちの店にいらしてくれたお方すべてをもてなそうという気持ちで一杯ですが、樺山さまがおっしゃる通り、私には荒俣さまに深い恩義があるのでございます」

柔和《にゅうわ》な笑みを頰に浮かべて、およしがいう。

「恩義かい」

はい、とおよしがうなずいた。

「実は私が五つのとき、このようなことがあったのです」

「どんなことがあったんだい」

興を引かれ、富士太郎はすぐさま耳を傾けた。佐之助も同様である。

ほっそりとした顎をそっと引いたおよしが、二十五年ばかり前のことですが、と前置きをして語りはじめた。

およしから事の顚末《てんまつ》を聞き終えたとき、富士太郎は目を大きく見開いていた。

「なんと、女将は五歳のときにかどわかしに遭っていたのかい」

「さようにございます」

「しかも、そのかどわかしの一件を、荒俣どのがものの見事に解決してみせたんだね」

はい、とおよしが首を縦に動かした。

「川近くの一軒家に閉じ込められた上、三人の男に見張られていた私は、心細くて怖くて、ずっと泣き続けていました。その家に連れてこられてからどのくらい時がたったかわかりませんでしたが、いきなり裏口の戸が蹴破《けやぶ》られて、町方のお役人とおぼしき人が飛び込んできました。そのお姿を目の当たりにしたときほどうれしかったことは、今の今までありません」

そのときの感激がよみがえったか、およしは少し目を赤くしている。

二十五年前に五つだった女将は、と富士太郎は思った。

――今ちょうど三十歳ということになるね。三十年、生きてきて、それが一番うれしかったことだなんて、やっぱりよっぽど怖かったんだねえ。かわいそうに……。

富士太郎と佐之助を見て、およしが言葉を続ける。

「戸を蹴破って一番に飛び込んでこられたのが、荒俣さまだったのです」

「えっ、本当かい」

およしの言葉を聞いて、富士太郎は瞠目せざるを得なかった。

「ええ、本当です」

それはまた、と富士太郎は土岐之助のいかつい顔を思い出した。

――荒俣さまは今も熱い心の持ち主だけど、若い頃はそれに輪をかけたほどだったんだね。与力の身分で真っ先に飛び込んでいくだなんて、聞いたことがないよ。二十過ぎの若い与力かあ、きっと正義感にあふれていたんだろうね。

うれしそうににこにこして、さらにおよしがいう。

「およし、無事か、と荒俣さまに声をかけられて私はふんわりと抱き上げていただいたのですが、そのとき肌に伝わってきたじんわりとした温かみは、今も忘れられません。人というのは、こんなにも安心できるのだな、と幼心に思いました」

これは紛れもなく荒俣さまの人柄なんだろうね、と富士太郎は思った。

「荒俣さまに命を救っていただいた私は、これから先の人生は、人のために生きていこうと決意しました。そして、料理屋で働くことになる私にいったいなにができるかを考えたとき、お客さまのために心と体をじんわり温めることができるおいしい料理を出そうと、心に決めたのです」

「それは五歳のときだよね」

富士太郎はおよしに確かめた。

「はい、さようです」

「五歳の時の決心が、今も揺らぐことなく続いているのか。すごいなあ」

――ああ、なんていい店だろう。これほどの心の持ち主が女将なら、料理屋として評判にならないはずがないよ。

佐之助も心を打たれたような顔つきをしていることに、富士太郎は気づいた。照れたように佐之助が咳払いした。

「よし、樺山――」

面を上げた佐之助が富士太郎にいった。

「せっかくの素晴らしい話だからもっと聞きたいが、今日はこのくらいにしておこう。あの家の見張りに戻ろうではないか」

さようですね、と富士太郎はいった。

「米田屋さんも、きっと待ちかねているでしょうから」

「うむ、そういうことだ」

およしがせっかく出してくれた茶だからと、富士太郎は湯飲みをぐいっと一飲みで空にしてから、畳の上の長脇差をつかみ、立ち上がった。

およしが開けてくれた襖を抜け、廊下を歩く。後ろに佐之助が続いている。

廊下の突き当たりにある階段を上り、奈良福の二階に上がった。

失礼します、といって富士太郎は一番端の部屋の襖を開け、中に入った。

窓際に琢ノ介が座り、一町半ほど先に見えている例の家を眺めていた。

「おう、富士太郎、倉田。朝餉を食べてきたか。うまかっただろう」

快活に笑いながら琢ノ介がきいてきた。

「ええ、とてもおいしかったです」

笑顔で富士太郎は答えた。

「特に、味噌汁がそれがしの好みでした。よくだしが利いていて……」

「ああ、あの味噌汁は素晴らしいな。だしだけじゃなく、味噌自体にもとても甘みがあって優しい味だった」

優しい味か、と富士太郎は思った。いわれてみればそうかもしれない。

——女将の人柄がにじみ出た味だったんだね……。

「米田屋、あの家に異状はなかったか」

「うむ、別になにもない。静かなものよ。これまで人の出入りはまったくない。

庄之助はいまだに姿を見せんぞ」

そうか、と佐之助がいい、琢ノ介の横に静かに座した。欄干越《らんかんご》しに、例の家を眺めはじめる。

「おや――」

佐之助がつぶやき、すぐに目を南のほうに転じた。

「どうかしましたか」

佐之助に近づいて、富士太郎はきいた。

「若い男がこちらにやってくる。どうやら、この店が目当てのようだな」

「えっ。どれどれ」

佐之助が指さすほうを、身を乗り出して富士太郎は見やった。

「ああ、あの男ですか」

だが、男の位置はここからまだ三町以上もあるだろう。駆けているらしいことは、富士太郎にもわかった。

「しかし、倉田どのはずいぶん目がよいのですね。あれが若い男とおわかりにな

ると は……。それに、なにゆえあの男が、ここを目指しているとわかるのですか」

「あの若い男が、この店しか見ておらぬからだ。おそらく、この建物の黒い屋根を目印に走っておるのだろう。しかも、必死に足を動かしているのは、この店になにか知らせたいことがあるからだろうな」

「えっ、あの男がこの店しか見ていないって……。そこまでわかるのですか」

「なんだ、富士太郎。おまえには、わからんのか。わしにもはっきりわかるぞ。あの若い男は駆けながら、この店をまちがいなく見つめておるな」

なぜおまえはわからんのだといわんばかりに、琢ノ介がいった。

「えっ、琢ノ介さんにまで見えるだなんて、それがしは自分が能なしになったようで、落ち込まざるを得ませんよ……」

「落ち込むとは、いったいなんだ。富士太郎、おまえは相変わらず失礼だな」

琢ノ介が怒ってみせたが、目は柔和に笑っている。

男がだいぶ近づいてきて富士太郎には、誰が駆けているのか知れた。

「あれは伊助ですね」

男に目を当てて、富士太郎は佐之助と琢ノ介に告げた。

「なんだ、富士太郎の知り合いだったか。番所からなにか知らせがあるのかな」

「ええ、そうかもしれません」

「樺山、伊助とは何者だ」

これは佐之助がきいてきた。富士太郎は佐之助に眼差しを注いだ。

「庄之助に殺された金之丞という岡っ引がいるのですが、伊助はその下っ引をつとめていた男です。それがしが考えるに、もしかすると、荒俣さまが直之進さんの小者に任じたのかもしれません」

「つまり、伊助は直之進からの使いということか」

「ええ、そうではないでしょうか」

だとしたら、と佐之助がいった。

「庄之助がかわせみ屋から動いたことを、あの伊助という男は、俺たちに知らせに来たのではないか」

いま直之進は、かわせみ屋の監視に当たっているのだ。

「倉田どののおっしゃる通りでしょう」

確信した富士太郎はくるりと体を返し、部屋を出た。廊下を走り、階段を下りる。佐之助と琢ノ介が後ろについてくる。

三和土《たたき》で雪駄を履き、富士太郎は戸口から外に出た。伊助が枝折戸《しおりど》を抜け、ちょうど戸口に駆け寄ってきたところだった。

「あっ、樺山の旦那」

富士太郎を認めた伊助が足を止めた。疲れ切ったように両膝に手を置く。

「伊助、おまえ、もしや直之進さんの使いでここまで来たのかい」

「ええ、さようで」

答えながら伊助は、はあはあ、と荒い息を吐いている。汗が顔にどっと噴き出しはじめている。伊助が首にかけた手ぬぐいでその汗をしきりに拭いた。

「伊助、水を飲むかい」

「ええ、できればお願いします。走り続けてきて、さすがに喉が渇きました」

その伊助の声に応えるように、佐之助が前に出てきた。

「ほら、これを飲め」

佐之助が、伊助の前に湯飲みを差し出した。いつの間にか、奈良福の者に水を汲《く》んでもらっていたらしい。

少し驚いて、富士太郎は佐之助を見た。まさか佐之助がこんなに気が利くことをするとは、夢にも思わなかった。

「俺はな、昔から心が行き届く男といわれておったのだ」

冗談とも本気ともつかないような物言いをして、佐之助がにやりとしてみせる。

ごくごくと喉を鳴らして、伊助が湯飲みの水を飲み干した。

「ああ、おいしかった。ありがとうございます。生き返りました」

「よし、そいつをもらおう」

すみませんと頭を下げて、伊助が湯飲みを佐之助に返した。

「こちらは倉田佐之助どの、そしてこのお方は米田屋琢ノ介さんだ。お二人とも、庄之助の企みを叩き潰すために、働いてくださっているんだ」

富士太郎は二人を伊助に紹介した。

「あっしは伊助と申します。どうぞ、お見知り置きを……」

二人に向かって伊助が辞儀をする。

「ところで伊助、いま誰かの下っ引をしているのかい」

富士太郎は伊助に問うた。

「いえ、どなたかの下で働いているということはありません。どうしても親分の仇を討ちたいと思って、一昨日、荒俣さまに庄之助を捕らえるお手伝いをしたいと申し出たところ、湯瀬さまの下につけてくださいましたが……」

やはりそういうことだったのか、と富士太郎は納得した。

「ということは伊助、ここまで来たのは、直之進さんの使いなんだね」

顔を伊助に近づけて富士太郎はたずねた。

「はい、そういうことです」

富士太郎を見返して伊助が肯《がえ》んじた。

「庄之助が動きました。あの男、腰に刀を一本差して、一人でかわせみ屋を出ました」

やはり今日だったか、と富士太郎は思った。

──倉田どのの勘は当たったね。

「庄之助がかわせみ屋を出たのは、いつのことだい」

「まだ半刻はたっていないのではないかと」

まだ少し息を切らしつつも、伊助が明快に答えた。

「行き先はまちがいなく向島だと湯瀬さまがおっしゃり、あっしは少し遠回りしながら庄之助を追い越して、ここまでやってまいりました」

「伊助、よくがんばったね」

まだ頼りなさを少し覚えさせる肩を叩いて、富士太郎は伊助を心からたたえた。

「それで伊助、直之進さんはどうしているんだい。庄之助のあとをつけているのかい」

「いえ、ちがいます」

かぶりを振って伊助が答えた。

「えっ、ちがうのかい」

富士太郎にとって意外な答えだった。てっきり、直之進は庄之助の尾行をしているものだと思っていた。

「庄之助の行き先が向島というのは知れたことゆえ、南の番所に行くとおっしゃっていました。それを樺山の旦那たちに伝えてくれとも……」

「そうかい。直之進さん自ら、番所に加勢《かせい》を頼みに行かれたのか……」

「湯瀬さまも、庄之助をつけようかと一瞬、考えられたようですが、もし万が一、尾行に気づかれたら元も子もなくすゆえ、とおっしゃって……」

ふむ、と富士太郎の横で、佐之助が鼻を鳴らした。

「湯瀬はよい判断をしたと思う。あの庄之助という男、湯瀬ほどの遣い手が細心の注意を払って尾行しようとも、そしてどれだけ離れていようとも、必ずや気づくであろうからな」

断ずるように佐之助がいった。

庄之助というのは、やはりそこまでの遣い手なのか、と富士太郎は肝が冷えるような思いを味わった。伊助、と腹に力を込めて呼びかける。

「さっき、半刻ばかり前に庄之助がかわせみ屋を出たといったね。すると、あと四半刻くらいで庄之助はここまで来るということになるのかい」

「あの男、大股で足早に歩いていましたから、そのくらいで着くものと思われます。もしかしたら、もう吾妻橋《あづまばし》を渡っているかもしれません」

それならば、と富士太郎はいった。

「あと四半刻もたたないうちに、着くかもしれないね」

「富士太郎、どうする」

真剣な顔で琢ノ介がきいてきた。

「今はとにかく、手出しすることなく庄之助を、あの家の中に入らせるしかありません。その後、番所からの加勢がそろったところで、一気に踏み込めばよいのではないでしょうか」

「うむ、それでよかろう」

富士太郎を信頼の目で見つめて、佐之助が深くうなずいた。

富士太郎たちは奈良福の二階に再び上がり、例の家がよく見える窓際に座り込んだ。

「よいか」

富士太郎たちを見つめて、佐之助がわずかに声を高くする。

「庄之助を見るときには、じかに眼差しを注がぬようにするのがよい。目の端に庄之助を入れるようにして見るのだ。まともに目を当ててしまえば、やつは必ず気づくゆえ」

「わかりました」

富士太郎は、きっぱりと答えた。珎ノ介が、必ずそうしよう、といい、伊助は、承知いたしました、とこうべを垂れた。

それから窓際に身をひそめるようにして、富士太郎たち四人は、庄之助が姿をあらわすのをひたすら待った。

二

初冬とは思えない陽射しの中、吾妻橋を渡り、大川沿《おおかわぞ》いの土手道《どてみち》を北上しはじめた途端、川風が吹き寄せてきて、庄之助は生き返るような気分を味わったが、それで気を緩めるようなことはなかった。

——誰か、つけている者はおらぬか。

足早に歩きながら庄之助は目を向けることなく、背後に向かって心気《しんき》を集中した。

しばらく、背後の気配を探り続けた。

——ふむ、誰もおらぬ。

つけている者は一人もいない。それは確かである。

尾行者がいないということは、つまり、かわせみ屋を張り込んでいる者がいなかったということではないのか。

——なにゆえ番所の者どもは、かわせみ屋に監視の目をつけなかったのか。

樺山を襲ったものの身代わりになった中間に傷を負わせたのが庄之助の使嗾《しそう》に

よるものだと、町奉行所の者どもは確信しているはずなのだ。

――そのために樺山がかわせみ屋に乗り込んできて、俺に戦を宣するような言葉を吐いたのではなかったか。

いったいどういうことなのか、庄之助は頭を巡らせた。ふと閃《ひらめ》いたことがあった。

――まさか、松川屋の二階で横になっていた若い男が監視していたのではあるまいな……。

それはないな、と庄之助は心中ですぐさま否定した。

――あの若い男はいかにも人がよさそうで、ぼんやりしていた。かわせみ屋の監視を任される類の男ではない。

かわせみ屋を監視するのに、最も都合のよいのはやはり松川屋であろう。前に一時、町奉行所の者が二階座敷にいたような気配があったが、それは庄之助がいるかわせみ屋だからではなく、公儀を批判する読売屋として、行き過ぎがないか監視していたに過ぎないようだ。

監視者のことはもうよい、と庄之助は風に吹かれながら思った。

――俺がどんなことを企てているのかも、すでにやつらは、薄々感づいているのではあるまいか……。

どうも、庄之助はそんな気がしてならない。

——俺の正体が貧乏御家人だった雪谷鈴太郎《すずたろう》ということも、もはや知られているかもしれぬ。

だからどうした、という気持ちが庄之助にはある。

——俺は恩赦を受けて、堂々と八丈島を出てきたのだ。そのことは、誰にも咎《とが》められることではない……。

うなるような息を吐きながら、庄之助はさらに足を進めた。

——しかし、こうまで俺の周囲になんの気配もないということは、向島のあの家は、まだ町奉行所に知られていないと考えてよいのであろうな……。

案外、町奉行所の者どもは、なにも気づいていないのかもしれない。

——町奉行所に限らず、公儀の者どもは、そろいもそろってたわけしかおらぬからな。

やがて三囲神社が見えてきた。庄之助は足を止めた。

今日も大勢の遊山客が、三囲神社にやってきていた。三囲神社だけでなく、向島の界隈には多くの人出があった。

目を右手に転じると、兵庫やお吟たちがひそんでいる家も見える。ここからだと、距離は三町ほどもあろうか。

敷地内に建つ蔵が、まるで目印かのようにくっきりと庄之助の目に映り込んでいる。

気持ちを静め、庄之助は家の周囲の気配を嗅いでみた。目を閉じ、神経を集中する。

やがて庄之助は目を開けた。あたりの風景が視界に戻ってくる。

——ふむ、あの家を監視している者はおらぬな。少なくとも、近くにはおらぬ。

だが、それでは安心できず、庄之助はもう一度、目を閉じてみた。今度は、先ほどよりもじっくりと気配を嗅いだ。

しばらくその場に立っていたが、やはり剣呑《けんのん》な気配は感じられなかった。庄之助は目を開けた。

——やはりあの家は、町奉行所に知られておらぬ……。

安堵の思いを抱いた庄之助は、軽く息をついた。

——こうまで町奉行所の者が甘ければ、俺の企てがうまくいかぬはずがない。

公儀転覆の大業は、必ずやうつつのものになろう。

そのことを掌中《しょうちゅう》にしたかのように、庄之助は確信した。

――よし、行くか。

兵庫やお吟のいる家を目指して、庄之助は大股に歩き出した。

三町の距離など、あっという間だった。庄之助は蔵のある家の前に立った。

この塀は素晴らしく高いな、と見上げて思った。

――梯子がなければ、いくら忍びの者でも、これを越えることはできぬであろう。

少し足を進めて庄之助は、塀についているくぐり戸を叩いた。

少し間を置いて、中から女の声で、はい、と応えがあった。

「どちらさまですか」

「お吟か。俺だ」

押し殺した声で庄之助は伝えた。

間髪を容れず閂が外される音が響き、くぐり戸が開いた。お吟が顔をのぞかせ、庄之助をじっと見てくる。

「お兄さま……」

「お吟……」

お吟を見つめ返して、庄之助は微笑した。

「まずは入れてくれ」

「は、はい」

お吟が後ろに下がり、きれいな顔が消える。すぐさまくぐり戸に入ろうとして、庄之助はとどまった。

こちらを見ている者がおらぬか、もう一度、首を巡らせて確かめた。

――ふむ、やはり誰もおらぬ……。

なんとなく釈然としないものが胸中に残ったものの、さして気にすることなく庄之助はくぐり戸に身を沈めた。

敷地に足を踏み入れ、見渡した。静かなもので、この家で十人近い者が過ごしているようには思えない。

庄之助の背後でお吟がくぐり戸を閉め、閂をしっかりと下ろした。

「お兄さま、よくいらしてくださいました」

うむ、と庄之助はうなずいてみせた。

「いよいよ決行の日が近づいてきたからな。お吟、元気だったか」

くすっ、と庄之助を見てお吟が笑った。

「なにがおかしい」

「お兄さまには、この前の晩、お目にかかったばかりですのに……」

恒五郎が枕元に立つということで、お吟がかわせみ屋にやってきた晩のことだ。

「だがお吟、人というのは、会った翌日に死ぬこともあるからな。いや、会ってすぐに死んでしまうこともあるではないか」

「それはそうでしょうけど……」

お吟が困ったような顔を見せた。恒五郎のことを思い出させてしまったか、妹を困らせるのは、庄之助の本意ではない。

「お吟、兵庫はどこにおる」

顔を上げて庄之助はきいた。

「高田さまは母屋にいらっしゃいます」

そうか、といって庄之助は正面に建っている母屋に向かって歩きはじめた。

戸口から三和土に入ると、式台に兵庫が座していた。お吟が、私はこれで失礼します、といって去っていった。どうやら、台所のほうに行くようだ。

庄之助は兵庫の前に立った。

「お頭《かしら》……。いらっしゃいませ」

庄之助を見て深く頭を下げてきた。どこか済まなそうな顔をしている。

「兵庫、俺が来たことがわかっておったか」

「はっ。お頭がいらっしゃると、あたりの気が一変しますので、すぐにわかります」

そうか、と庄之助はいった。

「兵庫、決行の日がいよいよ近づいてきたぞ」

兵庫を凝視して、庄之助は張りのある声を発した。

「はっ、よくわかっております」

こうべを垂れた兵庫の目に暗い色が宿されているのを、庄之助は見た。

「どうした、兵庫。なにかあったのか」

庄之助は、ただささずにいられなかった。

「実は……」

いい淀んでから兵庫が話し出した。

「ここには、八人の男がおりました。しかし、今はたったの三人しかおりませぬ」

「なにっ」

庄之助は我知らずとがった声を出していた。

「どういうことだ」

「はっ。大事を前に怖《お》じ気《け》づいたのか、五人が逃げ出しました」

なんと、と庄之助は思った。さすがに呆然とせざるを得ない。

――これからが最も大事なときだというのに、逃げ出すとは、なんと無様な者どもよ。

沸騰するような怒りが一気に湧いてきたが、庄之助はすぐにそれを抑え込んだ。今は、気持ちを切り換えることこそ重要であろう。ぐっと拳を握り込む。

兵庫、と庄之助は冷静な声で呼んだ。

「逃げ出した者のことなど、さっさと忘れるがよい。その五人は、大事には使えぬ男どもだったということが、事前にわかったのだ。命を預けられる者でなかったのがはっきりしたのだ。兵庫、むしろそのほうがありがたいではないか」

八丈島での鯨捕りの際は、赤銅色の男たちは互いに助け合いながら必死に働いた。誰が欠けても、鯨捕りはおそらくうまくいかなかっただろう。

それゆえ庄之助は、皆の気持ちは今も通じ合っているものだと思っていたが、実際にはそうでなかったのである。

――今ここにその五人がおれば斬り殺してやるところだが、もう影も形も見えぬ。

ならばどうすることもできない。

――俺がここを不在にしておったのも、いけなかったのだろうな。残念ながら、兵庫では配下をまとめきれぬ。

かわせみ屋になど帰らず、ずっとここにいればよかったのだ。

だが、今さら悔いてみても仕方がない。前を向くしかあるまい、と庄之助は思った。兵庫、と平静な口調で呼びかける。

「金は無事か」

庄之助は別のことをたずねた。

「もちろんでございます」

庄之助を見つめて兵庫が断言する。

「一万八千両の金は、今もしっかりと蔵におさめてあります。ご覧になりますか」

うむ、といって庄之助は首を縦に振った。

「見せてもらおう。ちと心配だ。逃げた五人に持ち去られたというようなことは、ないだろうな」

「それはありませぬ」

兵庫がきっぱりと否定してみせた。

「蔵の鍵はそれがしが持っております。鍵がなければ、何人《なんぴと》たりとも蔵の扉を開けられませぬ」

庄之助たちは母屋を出て、左手に建つ蔵に歩み寄った。懐から鍵を取り出し、がっちりとした錠に差し込んだ。

がちゃがちゃと音をさせて、兵庫が解錠する。抜き取った鍵を大事そうに懐にしまい込んでから、扉に手をかけた。

重そうな音を立てて、扉が開いていく。かび臭いにおいが漂い出てきた。

「どうぞ」

兵庫にいわれて庄之助は足を踏み出し、蔵の中に入った。蔵の中は、かび臭さがさらに強まった。

庄之助が立っているのは小さな土間で、その先は板敷きになっている。

板敷きの間に、千両箱が積み重ねられていた。

土間に立ったまま庄之助が数えてみると、確かに十八あった。

真剣な顔で兵庫がきいてきた。

「いかがですか」

「うむ、確かにあるな。兵庫、安心したぞ」

庄之助は兵庫に笑顔を向けた。

「先ほども申し上げましたが、鍵はそれがししか持っておりませぬ。それがしがおらぬ限り、誰もこの中には入れませぬ」

うむ、と庄之助はうなずいた。

「ちゃんとあるならよい。この目で千両箱を見たかっただけだ」

すぐさま体を返し、庄之助は蔵の外に出た。陽射しがかなりまぶしく感じられた。

「お頭、これからどうされますか」

扉の施錠《せじょう》をし終えて、兵庫がきいてきた。

「今はちと休みたい。一眠りしようと思うが、兵庫、空いている座敷を使っても構わぬか」

「もちろんです」

真摯な眼差しを庄之助に注いで、兵庫が答えた。

「それがしが案内いたしましょう」

「それはありがたいな」

小さく笑みを浮かべて庄之助はいった。

三

なにかいい争うような騒ぎが聞こえてきたが、うつらうつらしていた庄之助は、静かにしろ、と怒鳴りつけそうになって、はっ、と目を覚ました。

すぐさま上体を起こし、騒ぎのほうへと顔を向けた。しかし、壁に遮《さえぎ》られてなにもみえない。

――そうか、俺は向島の家に来ていたのだった。

首を振って庄之助はしゃんとした。

――いったい何事だ。

すでに部屋の中は、暗くなりつつあった。暮れ六つにはまだ少し間があるようだが、夕刻であるのは、まちがいない。七つ半頃だろうか。

今も、激しい物音が聞こえてきている。悲鳴が上がった。剣戟《けんげき》の音も聞こえてくる。

――誰かが斬り合っておるのか。

いったい誰が、と庄之助は思った。まさか、残った三人が仲間割れでもしたのか。

また逃げ出そうとした者がおり、それを止めようと兵庫が斬りかかったのか。

寝床を出た庄之助は、刀架の刀を手にした。それを腰に差し、腰高障子《こしだかしようじ》を開けて廊下に出る。

――同士討ちなど、今は最も避けたいときなのだぞ。

無人の廊下を足音荒く歩いて、庄之助は戸口までやってきた。

今も剣戟の音は続いているが、同士討ちや仲間割れどころの騒ぎでないことに、庄之助はようやく気づいた。もっと大勢の者が敷地内にいるようなのだ。

――いったいなにが起きておるのだ。

雪駄を履いて、庄之助は外に出た。

――なにっ。

驚いたことに、町奉行所の捕手《とりて》とおぼしき者たちが縦横に走り回り、庄之助の配下たちと戦っていたのだ。

捕手の数は優に三十人を数え、庄之助の配下たちは押されまくっている。

残った三人の配下のうち、すでに二人がなすすべもなく捕らえられたようだ。縄を打たれて、座り込まされていた。

刀を手にした兵庫は敷地の塀際で一人の侍と戦っている。

――あの侍は……。

目を凝らして庄之助は見た。

――湯瀬直之進ではないか。

なぜあの男がここにいるのか。

その答えが出る前に、一つの影が飛燕《ひえん》のように近づいてきた。

「庄之助、そこにおったかっ」

叫んで足を止めた侍は、抜き身を右手で握っている。

こやつは、と目の前の侍を見て、庄之助は瞠目した。

――このあいだ、桜源院に忍び込んできた男ではないか。

沢勢の仇だ、と庄之助は一気に戦意がわき上がり、腰の刀をすらりと引き抜いた。

「飛んで火に入る夏の虫とは、まさにきさまのような男のことをいうのであろうな」

男を見据え、庄之助は刀を正眼に構えた。

「しかし、なにゆえ町奉行所の者どもがここにおるのだ」

刀を構えたまま庄之助は、眼前の侍に問いを放った。

「この家が俺たちに知られていたからだ。きさまがあらわれるのを、俺たちはずっと待っていた」

「なに」

ぎろりと目を動かして、庄之助は侍を見据えた。

「きさまらは、この家のことをとうに知っておったというのか」

「知っていたさ。桜源院で、この家の証文を見せてもらったからな」

沢勢の文机の中にあった証文を、庄之助はありありと思い出した。

「あの証文を見たあと、きさまはご丁寧に油紙で包み、縄で縛ったのか」

「そういうことだ。すべては、きさまを嵌《は》めるためだ」

くっ、と庄之助は奥歯を嚙み締めた。

「確かに、まんまと嵌められた」

さばさばとした声で庄之助はいった。

――この家のことを知っていたのなら、確かに俺のことを尾行する必要もないな。この家を張って、俺を待っていればよいのだから。

町奉行所の者たちは、軍用金がこの家に置いてあるのも知っていたのだろう。軍用金と一緒にいるところを押さえるために、俺がこの家にやってくるのを待っていたにちがいない。

――やられたな……。

庄之助は唇を噛んだが、ここで観念する気など毛頭《もうとう》なかった。

「だが、ここできさまと会えたのは、よき巡り合わせといってよい。沢勢を殺したのは、きさまだな」

「そうだといったら、どうする」

「知れたこと。きさまを殺す。先夜、まったく歯が立たなかったことを覚えておろう。きさまを殺すことなど、たやすいことよ」

ぎらりと瞳を光らせ、庄之助は侍に無造作に近づいた。足を止め、たずねる。

「きさま、名はなんというのだ」

「倉田佐之助だ」

ためらうことなく侍が答えた。

「倉田佐之助だな。覚えた」

つと足を進め、佐之助を間合に入れたと見た瞬間、死ねっ、と心で叫んで庄之助は刀を振り下ろした。

佐之助が後ろに下がって、庄之助の斬撃をかわした。そのときには、庄之助はさらに間合を詰めていた。

腰を低くして刀を横に払う。それを佐之助が刀で弾き返してきた。

がきん、と音がし、庄之助の手がわずかにしびれた。

だが、衝撃は佐之助のほうが大きかったらしく、むう、と佐之助がうなり声を漏らした。

すり足で佐之助に近づき、庄之助は袈裟懸けを見舞った。それを、佐之助が刀の峰で受け止めた。

佐之助が刀を斜めにし、刀尖《とうせん》を下に向ける。すると、すすす、と庄之助の刀が下に滑っていく。

——味な真似を。確か柳生新陰流《やぎゅうしんかげりゅう》にこのような技があったが、こやつは柳生新陰流だったか……。

さすがに天下流《てんかりゅう》だけのことはあり、猫も杓子《しゃくし》も柳生新陰流の道場に通っているから、佐之助がそうであってもなんら不思議はない。それに異なる流派の剣術道場を、何軒も掛け持ちする者もいるくらいだ。

体勢を崩すことなく庄之助は、刀尖めがけて滑っていく刀を素早く引き戻し、正眼に構え直した。

そこへ、佐之助が斬りかかってきた。渾身《こんしん》のものと思える袈裟懸けを振るってくる。

それを、庄之助はあっさりと弾き返した。その打撃のあまりの強さに佐之助の体が耐えきれず、左足がわずかに流れたのを庄之助ははっきりと見た。

必死に佐之助が体勢を戻そうとする。

——遅いっ。

庄之助は逆胴を振るっていった。佐之助の体が両断される、と思えたとき、がきんっ、と金属が打ち合う音がし、庄之助の刀が下に叩き落とされた。

——なんだと。

刀を手元に引いて庄之助が見ると、そばに湯瀬直之進が立っていた。

——こやつが俺の刀を……。

ここに直之進がいるということは、と庄之助は思った。

——兵庫はどうしたのか。

庄之助は、ちらりと直之進の背後に目を投げた。その眼差しの意味を、直之進は覚ったようだ。

「きさまの右腕とおぼしき男なら俺が倒した」

「そうか……」

兵庫が倒されたと聞いても、庄之助は意外に冷静である。

「俺の右腕は、生きておるのか」

「いや、死んだ。やつを捕らえるために傷を負わせたところ、脇差で首を切って自害しおった」

「そうか、自害したのか……」

——兵庫、下手に生き長らえるより、ここで死んだほうがよい。どのみち獄門は免れぬゆえ。兵庫、自害できてよかったではないか。

だが、と庄之助はすぐに思い、目に力をみなぎらせた。

——俺は、こんなところで死ぬ気はないぞ。まだまだ生き延びて、存分に暴れ回ってやるのだ。まだ暴れ足りぬ。己の望みを果たすまでは決して死ねぬのだ。それに、沢勢と兵庫の仇も討たなければならない。

「おい、まだやるのか」

庄之助を見つめて佐之助が声をかけてきた。

「きさまの配下は右腕を入れて、ただの四人しかおらなんだが、もう誰も戦っておらぬ。お吟も捕縛されたぞ」

「そうか、お吟もな……」

「きさまにはもっと配下がいたはずだが、どこにおるのだ。母屋にでも隠れておるのか」

「いや、隠れてなどおらぬ」

苦笑して庄之助は答えた。もはや笑うしかなかった。

「大事の前に臆《おく》し、逃げ出したのだ」

「逃げただと」

庄之助を見て佐之助が瞠目する。

「ああ、逃げた」

「ならば、きさまもあきらめろ。蔵の千両箱も、俺たちが押さえた。せっかく苦労して手に入れた軍用金だったのだろうが、もうきさまの手の届かぬところにあるのだ」

ああ、そうなのだな、と庄之助は恬淡《てんたん》として思った。

——軍用金がなくては、なにもできぬ。公儀の転覆は夢に終わってしまったか……。

しかし、庄之助の中で怒りが再び湧き上がってきた。

——ここまで必死にがんばってきたのに、すべて水の泡か……。くそう。許せぬ。

どうりゃあ、と気合を発し、上段から佐之助に斬りかかった。佐之助が刀を構え、庄之助の斬撃を弾き返そうとする。

咄嗟に刀を変化させ、庄之助は佐之助の胴に刀を打ち込もうとした。だが、それを佐之助がぎりぎりでかわした。

だがそのために、直之進と佐之助とのあいだに隙間ができた。そこを庄之助は一気に駆け抜けた。

あっ、と直之進が狼狽《ろうばい》の声を上げたのが聞こえてくる。

それに構うことなく庄之助は走った。

御用、と叫んで庄之助を捕らえようと近づいてきた捕手が三人ばかりいたが、すべて容赦なく斬り捨てた。

血しぶきを上げながら視界から消えていくのが、庄之助には実に快かった。顔にはたっぷりと返り血を浴びた。

真っ赤になった顔で、庄之助はひた走った。返り血のせいで、目の前がひどく見えにくい。手の甲で、ぐいっと血をぬぐう。

六尺棒を手にした二人の中間が塀のくぐり戸を守っていたが、どけっ、と庄之助が命じると、ひえっ、とだらしない声を上げ、あわててその場を離れていった。

くぐり戸は閉まっていたが、閂は下りていなかった。

あわてることなく、庄之助はくぐり戸を開けた。ずいと外に出る。

その途端、返り血が頭から顔に流れ落ちてきた。

——うっとうしいぞ。

ぬぐうのも面倒くさく、庄之助はそのままにしておくことにした。

塀に、いくつもの梯子がかけられているのを目にした。

——町奉行所の者どもは用意万端、急襲してきおったのだな。

またすぐに走り出そうとして、庄之助は足を止めた。外にも、町奉行所の者が十人ばかりいたのだ。そのうちの一人は、偉そうに馬に乗っていた。

——あれは与力か。いや、ちがう。佐賀大左衛門ではないか……。

なにゆえ大左衛門が、こんなところにいるのか。答えは一つだ。決まっている。

——俺たちが町奉行所の者に襲われたのも、あやつのせいだ。

「佐賀大左衛門っ」

叫びざま、庄之助は馬上の侍に肉薄した。斬り殺すつもりだった。

だが、いざ間近で見てみると、馬上の侍は大左衛門とは似ても似つかない男だった。

——人ちがいか。

驚いて庄之助は足を止め、刀を手元に引き戻した。

——なにゆえ見まちがえたのか。

返り血を浴びたせいで、目がよく見えなくなっていたせいだろう。それにあたりはだいぶ暗くなってきている。

——しかし、この男を大左衛門と見まちがえるなど、俺も焼きが回ったものよ。

背後で足音がした。振り返ると、直之進と佐之助が追いすがってきていた。

その姿を目の当たりにした庄之助は、ちっ、と舌打ちし、土を蹴って東へと駆けはじめた。

しばらくして背後を見やると、直之進と佐之助はあきらめることなく追いかけてきていた。庄之助は、二人の執念を感じた。

――待ち構えて、殺してやるか。

そんな思いが庄之助の脳裏をよぎった。だが、すぐに心中でかぶりを振った。

――今は、まず態勢を立て直すことこそが肝要であろう。勢いを失っているときにあの二人を相手にするのは、利がなさすぎる。

――逃げるが勝ちか。

庄之助は、ぐんと足を速めた。四町ほど走って振り返ってみたところ、二人の姿はすでにどこにもなかった。

――よし、振り切ったな。

庄之助は少し足を緩めた。刀を鞘にしまう。

あまりの足の速さに、今頃あの二人は呆然としているにちがいない。

――さて、これからどうするか。

今はほとんど頭が働かないせいで、答えが出なかった。

どこかで顔を洗わなければならない。通りすがりに庄之助を見る者たちが、ぎょっとして見つめてくるのがうっとうしくてならない。

庄之助は西へと方向を転じた。しばらくすると、大川に出た。

すぐさま土手を下り、流れに手を入れた。ばしゃばしゃと派手に音を立てて顔を洗う。

血がすっかり洗い流されて、すっきりした。懐に手を突っ込む。手ぬぐいがあり、それで顔を拭いた。

――これで目立つことはあるまい。

少しほっとした。

――しかし今頃、町奉行所の者どもは、さぞうろたえているであろうな。なにしろ、虎を野に放ったも同然だからな。この俺がいったいなにをやらかすか、やつらは恐ろしさに震えているはずだ。

それでも、庄之助の中に悔しさがないわけではない。

兵庫が自害し、お吟が囚《とら》われの身となったのだ。

最後まで残った三人の配下も、捕らわれてしまった。いずれ死罪に処されるだろう。
——くそう。俺は一人になってしまった。
しかも、大事な一万八千両の金を、町奉行所に奪われたのである。
——あの金は、商家に戻されるのか。それとも、公儀の金蔵《かねぐら》におさまるのか……。
正直どうでもよいことだが、庄之助は考えてみた。
——強欲《ごうよく》な公儀のことだから、かすめ取るにちがいあるまい。
大きく息を吸ってから、どこへ行くという当てもないままに庄之助は歩き出した。
——それにしても、俺の人生はどこで狂いを生じたのか。
庄之助には、さっぱりわからない。
——いや、まだまだ出直しが利くはずだ。
どこに行くか、と庄之助は改めて思案した。脳裏に一人の男の顔が浮かんできた。
——ふむ、平左衛門《へいざえもん》のところがよいか。

とりあえず、薬種問屋の萬来堂《ばんらいどう》に行けば、体も心も休められそうだ。

庄之助は、平左衛門に恩を売っている。萬来堂でいま最も売れている風邪薬の龍門桂銀散《りゅうもんけいぎんさん》を調合し、大当たりをとってやったのだ。

傾きかけていた萬来堂は、それで一気に息を吹き返したのである。

だから平左衛門は、こんな時でも庄之助を手厚くもてなしてくれるのではないかと思うのだ。仮にもてなしがないとしても、決して庄之助を裏切るような真似はしないのではないか。

――よし、萬来堂に行こう。

心に決めた庄之助は、小石川《こいしかわ》の龍門寺《りゅうもんじ》門前町《もんぜんちょう》を目指した。

半刻ほどで龍門寺門前町に着いた。

狭い町のことで、萬来堂はすでに視野に入っている。

暖簾が風に揺れている。一人の客が紙包みを手に外に出てきた。一刻も早く病人に飲ませたいのか、通りを足早に遠ざかっていく。

萬来堂は静謐《せいひつ》さを保っている。

それでも、庄之助はあたりの気配を嗅ぐことを忘れなかった。

——ふむ、どうやら町奉行所の手は回っておらぬようだ……。

しかし俺の勘など当てにはならぬからな、と庄之助は自嘲気味に思った。

——向島の家が町奉行所の者どもに見張られていることに、まったく気づかなかったのだから……。

それでも、庄之助には萬来堂は大丈夫のような気がした。

——もし捕手どもがやってきており、その気配を嗅げぬのだとしたら、俺の命運はすでに尽きているということであろう。

足を踏み出し、庄之助は萬来堂に近づいていった。

店の暖簾を上げて、土間に入った。一段上がった畳敷きの間に数人の男が座していた。それぞれの男が熱心に薬の調合をしているようで、庄之助がやってきたことに気づかない。

その中に、あるじの平左衛門の姿も見えた。

「頼もう」

土間に立ち、庄之助は声を発した。

「あっ」

すぐに平左衛門が気づいて、あわてて近づいてきた。

「こ、これは庄之助さま」

庄之助の前に端座して、平左衛門が畳に両手をそろえた。

「よくいらしてくださいました」

「平左衛門、頼みがある」

「はい、どのようなことでございますか」

真摯な顔で平左衛門がきいてきた。そのとき新たな客が入ってきた。

「庄之助さま、まずはお上がりになりますか」

「うむ、そうさせてもらおう」

沓脱石で雪駄を脱ぎ、庄之助は畳敷きの間に上がり込んだ。

「こちらにどうぞ」

平左衛門の案内で、庄之助は内暖簾の奥にある座敷に入った。刀を鞘ごと腰から抜き、その場に座した。

失礼いたします、と頭を下げて庄之助の正面に平左衛門が端座した。

「ああ、お茶をお持ちいたしましょう」

庄之助を見て、平左衛門がいう。

「いや、よい」

かぶりを振って庄之助は制した。なにがあったか、平左衛門に手早く語った。

聞き終えた平左衛門が驚愕の顔になる。

「さようでございますか。公儀の転覆に庄之助さまが命を賭けていらっしゃるのはもちろん存じておりましたが、今は町奉行所の追っ手がかかっておられるのですか」

ふふっ、と庄之助は笑いを漏らした。

「つまり俺も立派なお尋ね者というわけだ」

「それで、庄之助さまは手前に匿《かくま》ってほしいといわれるのですか」

「いや、そこまでせずともよい。平左衛門、俺に金を恵んでくれぬか。どうせ、すぐにここも町奉行所が目をつけよう。端《はな》から長居をする気はない」

「お金でございますね……」

切なげな顔を平左衛門が見せた。

「よくわかりましてございます。して庄之助さま、いかほどご入用でございますか」

「そうだな、十両ばかり用立ててくれぬか」

「お安い御用でございます」

しかし、つい先ほどまで、一万八千両もの金を蔵にしまい込んでいたのに、たかが十両の金を平左衛門に無心することになるとは、庄之助は夢にも思わなかった。

「使いやすいように、細かいお金も用意いたしましょうか」

庄之助を見て平左衛門が申し出る。

「それはありがたいな。では、そうしてくれるか」

「わかりましてございます。では、お金を用意してまいります。しばしお待ち願えますか」

「承知した」

一礼して平左衛門が立ち上がり、座敷を出ていく。

目を閉じ、庄之助は腕組みをした。

――金を手にしたら、どうするか。

別に、なにをしようという当てがあるわけではない。

――いや、俺の企てを邪魔した者すべてを亡き者にせぬと気が済まぬ。

まずは誰がいいか、庄之助は考えた。

――大左衛門だな。

さっき与力とおぼしき男が大左衛門に見えたのは、あの男を殺せという天の命ではないだろうか。

——きっとそうにちがいない。

佐之助と直之進の二人も殺してやりたいが、今どこにいるのかわからない。大左衛門なら、まずまちがいなく秀士館にいるはずだ。

「お待たせいたしました」

低頭して平左衛門が座敷に入ってきた。巾着袋《きんちゃくぶくろ》を手にしている。会釈をして庄之助の前に座した。

「この巾着袋に十両、入っております。小判は三枚にしておきました。残りの七両は、一朱銀や一分金、一文銭や四文銭はございませんが、百文銭などで細かくしてあります」

「そうか、助かる」

平左衛門を見つめて、庄之助は感謝の意を口にした。

「では、どうぞ」

平左衛門が巾着袋を差し出してきた。かたじけないといって、庄之助はそれを受け取った。さすがにずしりとした重みがある。

「中をお改めになりますか」

「いや、よい。俺はおぬしを信頼しておる」

畳の上の刀を手にして、庄之助はすっくと立ち上がった。庄之助を見て平左衛門が、えっ、という顔をする。

「庄之助さま、もう行かれるのでございますか……」

うむ、と庄之助は平左衛門を見下ろしてうなずいた。

「平左衛門、世話になった」

「いえ、こちらこそ、庄之助さまにはまことにお世話になり、お礼の言葉もございません」

「平左衛門――」

平左衛門を凝視して庄之助は呼びかけた。

「はい、なんでございましょう」

「達者に暮らせ。俺のことは気にせず、商売に励め。もし町奉行所に俺との関わりをきかれたら、知らぬ存ぜぬでしらを切り通せ。わかったか」

「はっ、はい。わかりましてございます」

「では、これでな」

刀を腰に差し、巾着を手にして庄之助は廊下に出た。内暖簾を払い、畳敷きの間に進む。そこから沓脱石の雪駄を履き、さらに暖簾を外に払った。

すぐ後ろに平左衛門がついてきている。庄之助が見ると、胸が締めつけられているような顔をしていた。

「達者でな」

笑みを浮かべて庄之助は再び平左衛門に告げた。

「庄之助さま、もうだいぶ暗くなっておりますから、一泊されてから出られたほうがよろしいのではありませんか」

「ここに泊まったら、捕手に捕まってしまう」

「庄之助さまほどのお方が、捕まるはずがありません」

「いや、それがそうでもないのだ。今の捕手には手強《てごわ》いやつが二人もおってな」

「えっ、さようでございますか」

憂《うれ》いを含んだ目で、平左衛門が庄之助をじっと見る。

「庄之助さま、これが今生《こんじょう》のお別れということではございませんよね」

すがるような目で平左衛門がいった。

「さあて、それはわからぬ。俺に運があれば、またきっと会えよう」

足を踏み出し、庄之助は暗い道を歩きはじめた。

――あやつを殺す。

庄之助は、大左衛門の顔を脳裏に思い浮かべている。裏切り者め、と思った。

――必ず殺してやる。

秀士館の詳しい場所は知らないが、日暮里にあることはわかっている。

もう夜とはいえ、日暮里に行けば、場所などすぐに知れるであろう。

そのことを庄之助は確信している。

四

秀士館にいるはずの大左衛門のことが直之進の気にかかってならないのは、向島の家を出て逃げていこうとした庄之助が、塀の外にいた馬上の荒俣土岐之助を見るやいなや、佐賀大左衛門っ、と叫んで斬りかかっていったからである。

――あれは、荒俣どのを佐賀どのと見まちがえたのだ……。

大音声《だいおんじょう》を上げて土岐之助に斬りかかっていったが、どうやら途中で人ちがいであるのに気づき、庄之助は突進をやめて東へと走り出したのである。

――佐賀どのと庄之助は、なんらかの因縁があるということか……。

そうとしか思えず、直之進はいま佐之助とともに秀士館へ足を急がせている最中である。

しかも秀士館には、直之進の妻子であるおきくと直太郎もいるのだ。庄之助の牙《きば》がおきくたちに向いても、なんら不思議はない。

――庄之助という男は、その場の思いつきで人を平気で殺してのける男だからな。

いつも通りに、行き当たりばったりで大左衛門やおきくたちを襲う気になっても、おかしくはないのである。

秀士館の大左衛門のそばには、師範の川藤仁埜丞《かわとうじんのじよう》がいる。仁埜丞なら、庄之助の気配に気づくだろう。

だから、もし庄之助が大左衛門に襲いかかったところですぐに殺害できるとは思えないのだが、仁埜丞ほどの腕前をもってしても、果たして庄之助に敵《てき》し得《う》るかどうか。

向島から半刻《はんとき》ばかりかかって、直之進と佐之助はようやく秀士館にたどり着いた。すでにあたりは真っ暗である。

秀士館の正門を入り、大左衛門の住居を目指す。

「庄之助らしい巨大な気の塊は感じられぬな」

足早に歩きながら佐之助がいった。

「うむ、その通りだ」

闇の中を歩きつつ直之進は同意した。

「まだやつは、ここには来ておらぬな」

「どうやらそのようだ」

足を進めつつ直之進は、一町ほど先にうっすらと見えている道場の影を眺めた。

ずいぶんと静かだ。この刻限だから、竹刀《しない》の音や気合はまったく聞こえてこない。

——俺たちが庄之助の一件に首を突っ込んでいるから、師範や門人たちには迷惑をかけておるな……。

門人たちには悪いと思っているものの、事は公儀の転覆である。決して放っておけることではない。

門人たちが安心して稽古に励めるのも、公儀あってこそである。

やがて直之進と佐之助は、大左衛門の住居の戸口に立った。中には明かりがともっているようだ。

「佐賀どの」

板戸に顔を近づけて直之進は呼んだ。

「はい」

すぐに居間のあたりから大左衛門の声で応えがあった。何事もなかったか、と直之進はほっと息をついた。

「その声は湯瀬どのですな。お一人ですか」

「いえ、倉田も一緒です」

「お二人とも入ってくだされ」

「失礼いたします」

大きな声でいって、直之進は戸を横に滑らせた。土間に、大左衛門のものではない雪駄があった。

「おや、客人かな」

首をかしげて直之進は佐之助にいった。

「この雪駄は川藤師範のものだ」

「えっ、そうなのか」

「湯瀬、川藤師範がどのような雪駄を履いているか、そんなことは自然に覚えるものではないのか」

「そうかもしれぬが、俺は覚えられぬ。そういうのは苦手だ」

「苦手だからと、逃げてばかりではいかぬぞ。少し努力すれば、覚えられるようになる」

まさか雪駄のことで、佐之助に説教されるとは思わなかった。

「そういうものかな」

「そういうものだ」

式台に上がって、暗い廊下を進んだ直之進と佐之助は大左衛門の居間の前に立った。

「わしは座敷におりますぞ」

声が奥から聞こえ、直之進と佐之助は廊下をそちらに向かった。

座敷にあと半間《はんげん》というところまで来て、むっ、と直之進は声を漏らして立ち止まった。険しい顔をした佐之助も足を止めている。

ここまで廊下を進んできたところ、いきなり巨大な気の塊が露わになったのである。

直之進はごくりと唾を飲んだ。

――この中に庄之助がいるな。つまり佐賀どのと一緒ということか……。

直之進は、目の前の襖を指さした。それを見て、佐之助が顎を引く。

「とっとと開けるのだ」

不意に、中から庄之助の声がした。

「早くしろ。早くせぬと、大左衛門を殺すぞ」

佐之助が手を伸ばし、襖の引手《ひきて》に触れた。

「さっさと開けろ。俺は気が短いぞ」

また庄之助の声が聞こえた。直之進は佐之助にうなずいてみせた。

わかった、と口の形をつくった佐之助が襖をさっと開けた。

直之進の目に、大左衛門の喉に刀を当てて立っている庄之助の姿が映り込んだ。

庄之助の横で、行灯が淡い光を放っている。

ふふ、と庄之助が笑いかけてきた。それと同時に行灯の灯が揺れた。

「俺だって、気配を消すことくらいできる。見くびってもらっては困る」

「川藤師範はどうした」

土間にあった雪駄を念頭に、直之進は鋭い口調でただした。

――川藤師範のことだ、まさかこの男に殺されてしまったというようなことはあるまい。

「ああ、道場にいた師範は殺した。そうに決まっておろう」

――なんと。

直之進は驚愕せざるを得ない。佐之助も体を固くしたように見えた。

「というのは嘘だ」

にやりとして庄之助がいった。直之進と佐之助の驚きようがおかしかったのか、声を上げて笑う。

「俺はうらみがある者や、俺の邪魔立てをする者しか手にかけぬ。あの師範には別にうらみはない。俺の企ての邪魔をしたこともない」

言葉を切り、庄之助が直之進と佐之助をじっと見据える。

「もっとも、きさまらの師匠といえる男だから、じかに関わっておらぬだけで俺の邪魔をしているともいえるのだが、あの師範はどうやら右腕が利かぬようだし、情けをかけておいた。気を失っているだけで、命に別状はなかろう。あの雪駄はよいものだったから、ちと借りたに過ぎぬ」

庄之助が嘘をいっていないことを、直之進は心から願った。

庄之助が直之進と佐之助を見て口を開く。

「川藤とやらがこんな夜に、道場に居残っていたのは、なにやら剣の工夫をしていたからだったぞ。俺が秀士館の敷地に入ったとき、剣呑な気配が道場のほうからしてきておったゆえ、道場を確かめたところ、川藤が一人でおったのだ。俺は背後から近づき、あっさりと気絶させた。刺し殺すのはたやすかったが、先ほどもいったように、俺はうらみのない者を手にかけることはない」

うそぶくように庄之助がいった。

「川藤とやらはなかなかの腕前に見えたが、やはりわしの相手ではなかった。秀士館というのは、まったく大したことのない者ばかりがそろっておるな」

「ご託《たく》はどうでもよい」

庄之助に向かって佐之助がいい放った。

「おっ、おまえは、沢勢の仇ではないか。確か倉田佐之助とかいったな」

庄之助をにらみつけて、佐之助が少し前に出た。

「なにゆえきさまは、我が館長の喉に刀を添えておるのだ」

「決まっておる。殺すためだ」

当たり前だろう、といいたげに庄之助が告げた。

「館長にうらみでもあるのか」

佐之助が強い口調で問う。

「あるに決まっておろう」

佐之助を見て庄之助が大きくうなずいた。

「どんなうらみだ」

これは大左衛門が庄之助にたずねた。

「なにっ」

いかにも意外そうな声を庄之助が漏らし、大左衛門の顔をまじまじと見る。

「きさま、とぼけておるのか」

「とぼけてなどおらぬ」

刀に肌が当たらないように、大左衛門が小さくかぶりを振った。

「わしには、心当たりはまるでない」

「そんなことがいえるとは、きさま、相変わらずの図々しさよな」

「久しぶりに会ったが、おぬしもあまり変わっておらぬではないか」

冷静な口調で大左衛門が答えた。

「しかし、まさか鈴太郎が生きておったとはな。こうしていても、まだ信じられぬ」

「八丈島でくたばったと思っていたのか」

「正直、その通りだ」

大左衛門が不自由な首を縦に振った。鈴太郎、と静かに語りかける。

「おぬしは、わしにいったいどんなうらみがあるというのだ」

いかにも不思議そうに大左衛門がいった。

「知りたいか」

顔をゆがめて庄之助が大左衛門にきく。

「ああ、知りたいな」

わかった、と庄之助が顎を引いた。

「冥土《めいど》の土産に聞かせてやろう」

刀を大左衛門の喉元に当てたまま、庄之助が直之進と佐之助を見る。

「きさまら、俺の本名が雪谷鈴太郎といい、貧乏御家人だったことは知っておるのか」

「ああ、知っておる」

これは佐之助が答えた。

「雪谷鈴太郎という男は、頭がとてもよかった。よすぎたといってよい」

平然とした顔で大左衛門が話した。

「しかし残念ながら、その頭のよさが常に空回りしているところがあった」

「うるさい、黙れ、大左衛門」

「いや、黙らぬ」

毅然《きぜん》とした口調で大左衛門がいった。

「黙らぬと殺すぞ」

目を光らせて庄之助が脅した。

「殺すがよい」

大左衛門がいい、やれといわんばかりに小さく顎をしゃくった。

だが、庄之助の刀は動かなかった。それを見て再び大左衛門が口を開いた。

「わしも桜源院に通っていた。雪谷鈴太郎という男はどういうわけか、この世を憎んでいた。そして、桜源院の仲間とともに謀反《むほん》を企んだのだ」

その通りだというように、庄之助が小さく点頭した。

さらに大左衛門が言葉を続ける。

「桜源院の私塾には、千之助《せんのすけ》という剣の達人も通ってきていた。実をいえば、この千之助という男が謀反の首謀者《しゅぼうしゃ》だった。おぬしは千之助に引きずられたに過ぎぬ」

「そのようなことはない。俺と千之助は紛れもなく同志だった」

「はて、そうだったかな」

つぶやいて大左衛門が首をかしげる。

「だが、すぐに事は露見し、一党は目付《めつけ》の手で捕えられた。千之助は小伝馬町《こでんまちょう》の牢屋敷で獄死したが、謀反がまったくの未遂《みすい》だったということで、おぬしは一命を助けられ、八丈島へ遠島になったのだ」

「きさま、千之助の死は、まるでおのれに関係ないといいたげだな」

いかにも決めつけるように庄之助が大左衛門にいった。

「なんのことだ」

不審そうな顔になった大左衛門が庄之助を見ようとする。

「きさまが公儀転覆の策を密告したゆえ、俺たちは捕まったのではないか」

「鈴太郎……」

穏やかな口調で大左衛門が呼びかける。

「それは、ただの思い込みに過ぎぬ」

「思い込みだと」

大左衛門をにらみつけて庄之助が息巻いた。

「そうだ。わしは、密告などしておらぬ」

「嘘をつくな」

庄之助が大左衛門を怒鳴りつける。

「嘘ではない。わしは密告などしておらぬ。そのような男ではない」

「ならば、なにゆえ我らの密謀《みつぼう》があっさりと露見したのだ」

「それは、おぬしらに秘密を守ろうという気がなかったからだ。おぬしらは得意げに、ぺらぺらと誰にでも吹聴《ふいちょう》していたではないか。あれで、ばれぬはずがない」

「貴様の言など信じられぬ」

いきり立ったものの、庄之助の声には、これまでの迫力は失われていた。

「わかったか。すべては、おぬしらのしくじりから目付に目をつけられたのだ」

「しかしそれだけではあるまい」

顔をゆがめて庄之助が言葉を継ぐ。

「千之助が獄中で死んだのも、きさまが手を回して密殺《みっさつ》させたのであろうが」

「馬鹿な」

吐き捨てるように大左衛門がいった。

「なにゆえ、わしがそのようなことをせねばならぬ」

「千之助にうらみを抱いていたからであろう」

なに、と大左衛門が顔を紅潮《こうちょう》させていった。

「わしが千之助にどんなうらみを抱いていたというのだ」

「桜源院では、きさまは剣術も学んでおったが、いつも千之助にさんざん打ち負かされていたではないか。あのことをうらんでいたのであろう」

「そのようなつまらぬことで、うらみを抱くはずがなかろう」

淡々とした口調で大左衛門がいった。

「千之助はあれだけ強かったのに、わしのような剣術下手の相手を、よくしてくれた。わしが剣術嫌いにならぬように、気を遣ってくれていたのだ。千之助に打たれても、ほとんど痛くはなかった。わしは千之助に感謝こそすれ、うらみなど抱いておらぬ」

今度は一転、朗々たる声音で大左衛門が語った。

「まだあるぞ」

憤然としたように庄之助が叫んだ。

「妹のことだ」

「蔦代どのがどうかしたのか」

どこか懐かしそうに大左衛門がその名を口にした。

「わしは、蔦代どのと口を利いたこともあまりなかったのに、鈴太郎、なにがあったというのだ」

「きさまは、蔦代と一緒になるという約束をし、妹をさんざんにもてあそんだ末、捨てたであろう」

「なんだ、それは。なにをいっておるのだ」

わけがわからぬという顔を、大左衛門はしている。

「どこからそんな誤解が生まれたのだ」

「きさま、これもとぼけるのか」

庄之助が大左衛門に怒声を放つ。

「とぼけるもなにもない」

眉根を寄せて大左衛門が答えた。

「確かに、わしは蔦代どののことは憎からず想っていた。それは認めよう。蔦代どのの気持ちは正直、わからぬ。だが、どちらかというと、鈴太郎、おぬしこそが、わしたちをくっつけたがっていたのではないか」

その言葉を聞いて、むっ、と庄之助が詰まった。

「蔦代どのはおぬしが無理に世話しようとしていることが、迷惑だったのではないだろうかな……」

述懐《じゅっかい》するように大左衛門がいう。

「鈴太郎」

わずかに声を荒らげて、大左衛門が呼びかけた。

「なんだ」

「おぬし、こたびの一件で蔦代どのも巻き込んだのではなかろうな」

「館長、残念ながら、この男はお吟、いや蔦代どのを巻き込みました」

大左衛門を見て直之進は伝えた。

「そのため、蔦代どのも捕縛されました」

それを聞いて、大左衛門が辛そうな顔になった。

「まったく蔦代どのまで、おぬしの下らぬ企みに関わらせるとは、まったく情けない兄がいたものよ。鈴太郎、恥を知れ」

「うるさい」

庄之助が大左衛門をねめつける。大左衛門が負けじとにらみ返した。

「これまではお情けで生かしてきたが、これ以上いうと、大左衛門、本当に殺すぞ」

「殺したいのなら殺すがよい。先ほどからそう申しておる」

「ならば、望み通りにしてやる」

刀を大左衛門の喉に改めて添え、庄之助が横に引こうとする。

――これは本気だ。

間に合わぬか、と思いつつ直之進は庄之助に向かって飛び込もうとした。横の佐之助も同様である。

だがその前に、庄之助の背後の腰高障子がさっと開き、刀を斜めに構えた人影が突っ込んできた。

その人影は、庄之助の背中に向けて刀を一閃《いっせん》させた。

それは庄之助に覚られてよけられたが、大左衛門の喉から刀が外れた。

すぐに直之進は大左衛門に飛びつき、抱きかかえるようにして庄之助の間合から逃れさせた。

直之進はがら空きの背中を、庄之助に見せることになった。

――俺は斬られるかもしれぬ。

一瞬、覚悟を決めかけたものの、庄之助から斬撃は見舞われなかった。

直之進が見ると、刀を正眼に構えた庄之助が、仁埜丞と対峙していた。

「きさま、目を覚ましたのか」

庄之助が仁埜丞にきく。

「ああ、覚ましたさ。きさまのおかげで、久しぶりにぐっすりと眠ることができた。感謝するぞ」

その言葉とは裏腹に、仁埜丞は殺気を全身にみなぎらせている。

「もっと長く眠っていればよかったのにな。俺の邪魔をした以上、今度は永《なが》の眠りにつかせてやる」

「はて、うまくいくかな」

庄之助を見て仁埜丞がにやりとした。

「今きさまは、俺たち三人に囲まれておるのだぞ。いくらきさまが凄腕であろうと、この三人の囲みを破るのはたやすくはないぞ」

「では、試してみようではないか」

庄之助が不敵な笑みを見せる。いきなり正面にいる仁埜丞に躍りかかった。刀を斜めにして、斬撃を打ち込んでいく。

がきん、と激しい音が立ち、一瞬、仁埜丞の背が縮んだように直之進には見えた。

だが、仁埜丞は庄之助の一撃を右手一本で受け止めてみせた。

そこを佐之助が狙って突っ込み、庄之助の背中に向けて刀を振り下ろした。

だが、くるりと体を返すと、庄之助があっさりと佐之助の刀を撥ね返した。ほぼ同時に佐之助の胴を狙う。

それは刀を伸ばすことで、直之進が防いだ。またしても、がきん、と音が立った。直之進の腕は、その衝撃でかなりしびれた。

今度は、仁埜丞が庄之助の背中に刀を突き出した。

それをひらりとかわし、庄之助が仁埜丞に袈裟懸けを浴びせようとした。

その瞬間、佐之助が刀を逆胴に振るった。それも庄之助はかわしたが、さすがに自分が不利になりつつあることは解したようだ。

くそう、と歯噛みしてつぶやくと、右手の襖へと突進する。庄之助が突き破った襖の先は、隣の部屋である。

「待てっ」

怒号した佐之助が、すぐさま庄之助に追いすがる。

仁埜丞が大左衛門を守るように素早く近づいたのを目にした直之進も、すかさず佐之助に続いた。

廊下を走った庄之助が、大左衛門の家から外に出たのを直之進は見た。二間ほどの距離を置いて、佐之助が走っていく。

そのさらに一間ばかりを隔てて、直之進は必死に続いた。

あたりにはもうすっかり夜の帳が下りているというのに、夜目が利くのか、庄之助の足は相変わらずあきれるほど速い。

――いったいなにをどう鍛えれば、あそこまで速くなれるのだ。

闇の中、ちらりとこちらを振り向いた庄之助が、そこから一気に足を速めたのが知れた。佐之助との距離が、ぐんぐんと開きはじめたからだ。

庄之助が秀士館の門を抜けた、と思ったら立ち止まり、なにかを拾い上げた。どうやら巾着袋のようだ。巾着袋を肩に担いでまた庄之助が駆けはじめる。

――やつは、あそこに巾着袋を置いていたのか。あの巾着袋には、なにが入っているのだろう。

庄之助が巾着袋を拾い上げたせいで、少しだけ間が詰まった。佐之助が一気に門を走り抜けた。

息を弾ませて直之進もそのあとにつづいた。

だが、日暮里の夜道に出た途端、庄之助と佐之助とのあいだがさらに開きはじめた。庄之助は巾着袋を担いでいることなど、意にも介していない走り方だ。深い闇など問題にせず、土煙を猛然と上げて庄之助は駆けていく。土煙に巻かれるように庄之助の姿が見えなくなっていく。闇の濃さがそれに追い打ちをかける。

それでも、あきらめることなく佐之助も直之進も走り続けた。

だが、五町ほど走ったところで、庄之助を完全に見失った。庄之助は、夜の闇に姿を消したのだ。

「なんという足だ」

立ち止まった佐之助が、首を横に振ってつぶやく。

直之進も足を止め、佐之助を見た。息がひどく荒くなっていて、喉が痛む。

「あんなに足の速い男は、これまで見たことがないぞ」

「もし足の速さを競う試合があれば、あの男は日の本一かもしれぬ」

佐之助の言葉に直之進は同意した。

「冗談でなく日の本一であろうな」

――庄之助の剣のすさまじい強さは、あの強靱《きょうじん》な足腰が生み出しているといっても過言ではなかろう……。

だが、と直之進は思った。今の戦いで庄之助を倒せる示唆を得たような気がしてならない。

それは霧の中にあるかのように漠然としており、今のところ、まだはっきりとつかんだわけではない。

しかし、直之進は、いずれつかめるのではないかという気がしている。

――これさえわかれば、必ずやつを倒すことができよう。

激闘続きで疲れ切っていたが、直之進は光明《こうみょう》を見たとの思いで、心は一杯だった。

五

さすがに疲れ切ってはいたものの、まだまだ俺は戦えるのだぞ、とおのれにい聞かせながら足を休めることなく歩き、庄之助は桜源院の門前にやってきた。どこか懐かしい。若い頃から馴染みにしている寺だ。それも当たり前だろう。足を止め、あたりの気配を嗅ぐ。町奉行所の者が張っているような気配は感じない。

——よし、これなら大丈夫だろう。

確信した庄之助は山門につけられた階段を上がり、くぐり戸を密やかに叩いた。寺の裏手から塀を乗り越えて入ってもよかったが、そこまで行くのも億劫だった。

山門越しに、ほんのりとした明かりが見えている。この寺に常夜灯《じょうやとう》などないから、庫裏の明かりだろう。

誰かがまだ起きているのだ。寺男の喜八しか考えられない。

やがて足音が聞こえてきた。提灯を持っているのか、明かりがこちらにやってくるのがわかった。

「どちらさまでございますか」

中から喜八の声がした。

「庄之助だ。喜八、入れてくれ」

「あっ、はい、わかりました」

閂が外される音がした。くぐり戸が開き、どうぞ、と喜八がいった。

「済まぬ」

巾着袋を担ぎ直して、庄之助はくぐり戸を入った。

喜八がくぐり戸を閉める。

「こんな夜にかわせみ屋さん、どうしたのですか」

目をみはって喜八がきく。

「ちといろいろあってな。ところで、喜八」

「はい、なんでしょう」

「離れを貸してくれるか。ちと横になりたいのだ」

「はい、わかりました。空いておりますので大丈夫でございます」

提灯を手にした喜八の案内で、庄之助は離れに落ち着いた。

喜八が行灯に火を入れる。部屋の中が明るくなり、庄之助は目をしばたたいた。腰から鞘ごと刀を引き抜き、刀架にかける。

「お布団を敷きましょうか」

庄之助を見て喜八がいった。

「頼めるか」

「お安い御用でございますよ」

にこりとした喜八が押し入れから布団を出し、手早く敷いた。

「どうぞ、かわせみ屋さん」

「かたじけない」

庄之助は布団に横になろうとした。だが、その前に思いついたことがあった。

「喜八、おまえにこれをやろう」

庄之助は、かたわらに置いてある巾着袋を喜八のほうに押し出した。その弾みで金《かね》の鳴る音がした。

「これはなんですか」

不思議そうに喜八がたずねてきた。

「いま音を聞いただろう。金だ。十両、入っておる」

「えっ、十両ですか」

喜八が瞠目する。

「そうだ。生きるために俺はこの金をさる者から貸してもらったのだが、金などもういらぬことに気づいた。だから、これはおまえにやろう」

「しかし……」

「よいのだ。持っていけ」

「本当によろしいんですか」

「ああ、構わぬ」

「では、遠慮なく」

ほくほくとした顔で、喜八が巾着袋を持ち上げた。

「けっこう重いですね」

「使いやすいように、だいぶ細かくしてもらったからな」

「それでしたら、同じ十両でも小判をもらうよりもありがたいですね」

うれしげに喜八が顔をほころばせた。

「小判は三枚ばかり入っておるがな」

えっ、と喜八が目を丸くした。

「小判も入っているんですか」

さすがに喜八が瞳を輝かせる。

「小判なんて、これまで一度も見たことがありません」

「そうか」

庄之助は喜八に笑いかけた。

「小判は、やはりきれいだ。眼福《がんぷく》というやつだな」

「そうでしょうね」

庄之助を見つめて喜八が相槌を打つ。

「喜八、その金の代わりというわけではないが、朝がきたら、飯を食べさせてくれぬか」

「はい、もう心を尽くして支度させていただきます」

「よろしく頼む」

「朝餉は何刻頃《なんどきごろ》がよろしいですか」

喜八にきかれて、そうさな、と庄之助はつぶやいた。

「明け六つに頼む」

「承知しました。では、明け六つに朝餉を用意させていただきます」

もともと寺は朝が早い。修行僧などは七つ頃に起きているという。明け六つなど、寺では早いうちに入らないかもしれない。

喜八から目を外し、庄之助はごろりと布団に横になった。

「行灯を消しますか」

「いや、つけておいてくれ」

「承知いたしました」

失礼します、といって巾着袋を肩に担いで喜八が、いそいそと離れを出ていった。

ふう、と吐息を漏らして、庄之助は目を閉じた。

――さて、朝になったらどうするか。

己の企てをぶち壊しにした者すべてに復讐したい。

――だが、湯瀬直之進や倉田佐之助はもうよい。佐賀大左衛門もよかろう。

まだほかに企ての邪魔をした者がいたか。

――樺山富士太郎がおるな。

樺山こそ、庄之助の企てを一番に阻もうとした男といってよいのではないか。

恒五郎の骸を暴くような真似までしたのだ。

――あれがなければ、俺は兵庫に樺山を闇討ちにせよと命ずるようなことはなかった。

兵庫が樺山を殺し損ね、年老いた中間に傷を負わせた。

――あのとき潮目が変わったような気がしてならぬ。

庄之助は目を開いた。

――よし、明日は樺山富士太郎を殺す。

庄之助は心に決めた。

急に眠気が襲ってきた。庄之助は再び目を閉じた。

六

もうすでに手配書が各自身番に回っているかもしれなかったが、庄之助は朝日を顔にまともに浴びつつ堂々と往来を歩いた。

――逃げ隠れしたところで、どうにもならぬからな。

こういうときは、自然に振る舞うのが最もよいのだ。風景に溶け込むようにしてしまえば、お尋ね者がそばを歩いていることに、そうそう人は気づくものではない。

とにかく、獲物を見つけるまでは、かわせみ屋庄之助だと気づかれるわけにはいかないのである。

そんなことを思ったとき、庄之助は目を鋭くした。

獲物があらわれたのではないか。黒羽織がちらりと往来の先に見えたからだ。

――うむ、やはりまちがいない。

道の向こうから、定廻り同心と中間が歩いてくるのだ。

樺山ではない。庄之助の見も知らぬ定廻り同心と中間である。いま見廻りの真っ最中のようだ。

――よし、あの定廻りでよかろう。

腹を決め、庄之助は二人に近づいていった。

「おい」

庄之助は声をかけた。

「なにかな」

定廻り同心がきいてきた。精悍《せいかん》そうな顔をしており、いかにも場数を踏んでいそうな男である。

なにもいわず庄之助は黙っていた。

「なんの用だ」

苛立ったように同心がいった。

「あっ、こいつは」

後ろにいた中間が驚きの声を上げた。

「かわせみ屋庄之助ですぜ」

「まことか」

顔色を変えた同心が長脇差の柄に手を置き、腰を落とす。今すぐに捕らえてやろうという眼差しをしている。

「ああ、俺は庄之助だ」

胸を張って庄之助は名乗った。

「神妙にいたせ」

「いやだね」

にっ、と笑って庄之助はくるりと体を返した。地を蹴って駆けはじめる。

「待てっ」

叫んだ同心があわてて庄之助を追いかけはじめたのが、気配で知れた。付き従う中間は庄之助にとってどうでもよかったが、同心の後ろにくっついて駆けているようだ。

かわいそうに、と走りながら庄之助は同心のことを思った。まさか今日が命日になろうとは、目覚めたときには思ってもいなかっただろう。

人けのない路地を目で探しつつ、庄之助は走った。あまり速く走りすぎると、背後の二人が庄之助を見失ってしまうだろうから、そうならないように注意した。

——ここがよい。

幅が四尺ほどで、奥行きが五間ばかりの路地があった。突き当たりは二坪ほどの広さの小さな社《やしろ》になっており、人は誰もいなかった。樹木の葉が覆い被さるように茂り、日当たりは悪い。

庄之助はその薄暗い路地に入り込んだ。社の手前まで行き、そこで二人が来るのを待ち構えた。

足音がし、二つの影が路地の前に立った。

「あっ、やはりあそこにいますぜ」

中間が庄之助を指さした。二人がおそるおそるという態《てい》で路地を進んできた。

――よし、その調子だ。もっと寄ってくるのだ。おまえら二人では、俺を捕らえることなどできぬからな

「おまえら、加勢を呼んだほうがいいぞ。おまえら二人では、俺を捕らえることなどできぬからな」

庄之助は二人を挑発した。

「なめた口を利くなっ」

怒声を発して同心が突っ込んできた。手には十手が握られている。

――馬鹿め。

内心でせせら笑って庄之助は、突進してきた同心を見ていた。

庄之助を間合に入れたと見たらしい同心が十手を振り下ろしてきた。庄之助の頭を打とうしている。

時に荒くれどもを相手にするだけのことはあり、容赦のない振り下ろし方だ。この十手をまともに受けたら、頭が割れ、気絶は免《まぬが》れないだろう。

だが、庄之助には同心の十手はずいぶんゆっくりした動きに見えていた。余裕を持ってかわし、一瞬で同心の背後に回った。手刀《てがたな》を同心のがら空きの首筋に見舞う。びしっ、と音が立ち、同心が体をぐらりと揺らした。棒のように体を硬直させ、地面に倒れていく。

息巻いてそばに駆け寄ってきた中間の腹を、庄之助は右足で蹴った。ぐっ、と息の詰まったような声を出して、中間が腰を曲げた。

再び庄之助は手刀を使い、中間の首筋を打った。びしり、と音がし、中間は顔から地面に突っ込んだ。それきり身動き一つしない。

気絶しただけで、死んではいないだろう。

――いや、死んでおるな。

首の骨が折れているように見える。

中間から目を離し、庄之助は気を失って倒れている同心に歩み寄った。顔を見下ろす。

――きさまにはうらみなどないが、死んでもらう。

心で告げて庄之助はかがみ込み、同心の首を絞めた。うぅ、と苦しげな声を同心が発した。それでも力を緩めることなく、同心が絶命するまで庄之助は首を絞め続けた。

首の骨が折れ、庄之助の手の中で同心ががくりとうなだれた。

庄之助は同心の首から手を放した。指がひどく強張っている。

二人の死骸を社の中に引きずり込み、路地の出口から見えないようにしようかと思ったが、それも面倒だった。

その場で庄之助は、同心の骸から黒羽織を脱がした。十手も手にし、帯に差した。

――これでよい。

しかし、と庄之助は思った。鯨に比べたら、人を殺すなど、虫を握り潰すも同然のことでしかない。

――人というのはなんと、か弱い生き物なのか……。

庄之助は黒羽織を羽織った。

――髷《まげ》がちがうが、そこまではよかろう。

定廻り同心は小銀杏《こいちょう》と呼ばれる髷をしていた。

路地を出た庄之助は、その足で南町奉行所を目指した。

すぐに町奉行所が見えてきた。

――果たして樺山がいるかな。

期待しつつ、庄之助は当たり前の顔をして大門をくぐった。

町奉行所の長屋門内に同心詰所があるはずである。

大左衛門殺しはしくじったが、今度は身なりを変えるなど万全である。

——殺すだけなら、佐賀大左衛門もたやすかったのだが。ちと遊んだのがいけなかった。

同心詰所への出入口に身を入れようとして、つと庄之助は足を止めた。

——今ここにお吟がおるのだな。

会いたいな、と庄之助は思った。お吟は今ここの牢に入れられているはずなのだ。まだ小伝馬町の牢屋敷には連れていかれていないだろう。ここで吟味役の取り調べを受けなければならないからだ。

——救い出せるかもしれぬ。救い出せぬまでも、顔を見ることくらいはできよう。

ただし、牢がどこなのか庄之助にはわからない。

「おい」

通りかかった奉行所の中間に声をかけた。

「はい、なんでしょう」

中間が人のよさそうな顔を向けてくる。

「それがしは北町の番所の雪岡《ゆきおか》という者だが、定廻り同心の樺山どのに会いにまいった。樺山どのから、いま女が入れられている牢にいるとのつなぎをもらったのだが、その牢へと連れていってもらえぬか」

「北町の雪岡さま……」

「うむ、そうだ。聞き覚えがあろう」

そういわれて、中間が一瞬とまどった。

「は、はい。もちろんでございます。では、牢までご案内いたします」

「よろしく頼む」

中間の先導で庄之助は南町奉行所の敷地を歩いた。

「こちらでございますよ」

中間が建物を指し示す。

「あっ、本当だ。女牢に樺山さまがいらっしゃいますね」

中をのぞき込んだ中間がいった。

「どうぞ、雪岡さま」

「かたじけない」

庄之助は建物の敷居際に立った。樺山の姿が見えた。その前の牢にお吟が座していた。どうやら樺山は、お吟から聞き取りでもしているようだ。

——よし、殺すか。

敷居を越えて庄之助は近づいたが、その前に樺山が庄之助に気づいた。

「あっ、おまえは」

樺山がつんざくような大声を上げた。

「ここにかわせみ屋庄之助がいるよ」

刀を引き抜いた庄之助は構わず樺山に一撃を加えた。だが、富士太郎が長脇差で庄之助の斬撃を打ち払ってみせた。

——まさか。

樺山にこんな味な真似ができるとは、庄之助は思っていなかった。

「大変だ」

中間や牢番たちが騒ぎ出した。

「かわせみ屋庄之助がここにいますっ」

その声に応じて一気に大勢の者が牢にやってくる気配が伝わってきた。

まずい、と庄之助は思った。

——袋の鼠になってしまう。

歯噛みしつつ、庄之助はこの場から逃げるしかなかった。その前に牢のお吟を見る。

目を大きく見開いて、お吟が庄之助を見つめていた。庄之助には、お吟がただただ呆然としているように見えた。

「待っておれ」

庄之助はお吟に向かって叫んだ。

「必ず助け出してやる」

そんな言葉が口から出たことに、庄之助はひどく驚きつつも、牢屋敷から飛び出した。一目散に駆けはじめる。

我に返った富士太郎は、逃げ出した庄之助を追いかけたが、逃げ足が恐ろしく速く、大門《おおもん》を出たときには庄之助の姿を見失ってしまった。

——庄之助は同心の形をしていたよ。あの羽織はどうやって手に入れたんだろう。

黒羽織など、どこででも手に入れられるのかもしれないが、富士太郎の胸にかすかに不穏な影が差した。

——庄之助はお吟を救いに来たんだね。必ず助け出してやるともいっていたし。

それだけ庄之助は妹のことを大切に思っているのだ。

「富士太郎」

そのとき、背後から声をかけてきた者があった。

「これは荒俣さま」

あわてて富士太郎は辞儀をした。

「しくじりました。せっかく庄之助自らのこのことやって来たというのに、逃がしてしまいました」

「それは仕方あるまい」

だが土岐之助はずいぶん怖い顔をしている。

「いま中間の弓助《ゆみすけ》から急な知らせが入った。諫早研之助《いさはやけんのすけ》が殺されたというのだ」

「ええっ」

驚愕するしかない。富士太郎はそのあとの言葉が出なかった。

――やっぱりあの黒羽織は、本物だったんだね……。

涙が出てきた。まさか庄之助に研之助が殺されてしまうとは。

「弓助は無事だったのですね」

「首を打たれて気絶させられたらしいが、大丈夫だったようだ。本人は、死んだと思ったらしいが……」

不幸中の幸いだね、と富士太郎は思った。

「庄之助はお吟を救いに来たのだな」

確かめるように土岐之助が富士太郎にきいてきた。

「そうだと思います」

そうか、と土岐之助がつぶやいた。

「よし、お吟を囮《おとり》にするのだ」

土岐之助が冷徹な声で命じてきた。

「それで庄之助をおびき寄せるのだ。奉行所内の者が殺された。なにがなんでも庄之助をお縄にする」

――なんと。

富士太郎はびっくりしたが、荒俣さまはどういう手立てを取るおつもりなのだろう、と思った。

「ここから小伝馬町の牢屋敷に、お吟を移送する」

土岐之助が富士太郎にいった。

「それを、庄之助の耳に入るように至る所に流せ」

鋭い目をして土岐之助が命じてきた。

「庄之助と関わりがあった者すべてにその旨を流すのだ」

「わかりました」

「町奉行所に白昼堂々とやってきて、お吟を救い出そうとするくらいだから、庄之助はお吟が移送されるときけば、必ず食らいついてくるにちがいあるまい」

自信のある顔で土岐之助が断言した。それには富士太郎も異論はない。

それから半刻後、南町奉行所に研之助の亡骸《なきがら》が運び込まれた。

――なんということだろう。

富士太郎は遺骸《いがい》を目の当たりにして、呆然とするしかない。

――決して許せないよ。こんなのは、人の所行《しょぎょう》ではない。

南町奉行所全体に庄之助に対する復讐心が渦巻いているのを、富士太郎ははっきりと感じ取った。

一旦、桜源院に戻り、庄之助は離れで体をひたすら休めていたのだが、夕刻になって喜八がやってきて、驚くべき話を告げた。

「まことか」

背筋を伸ばして庄之助はきいた。

「はい、まことでございます」

まじめな顔で喜八が答えた。

「喜八、その話をどこで聞いた」

「手前が門前を箒《ほうき》で掃《は》いていたら、町人の二人組がそんな話をしながら通り過ぎていったんですよ」

「町人が……」

つぶやいた庄之助は腕組みをし、眉根を寄せた。

――これは罠だな。

庄之助は直感した。それ以外、考えられない。ただの町人が、お吟が小伝馬町の牢屋敷に移送されることを、どうやって知るというのか。

喜八が門前にいるところを見計らい、噂話を装って耳に吹き込んだに決まっているのだ。

――お吟を餌にして俺をおびき寄せようというのか。

庄之助は首をひねった。

——どうやら、樺山は勘ちがいしおったのだな。俺が、お吟を助けに行ったと思ったのだろう。

確かに、必ず助け出してやるといったのは事実だ。

だとすれば、お吟は助けを待っているかもしれない。

——罠でもよい。乗ってやる。

目を閉じて庄之助は決意をかためた。

七

庄之助が南町奉行所に乗り込んできてから二日後、お吟の小伝馬町牢屋敷への移送がはじまった。

直之進は町奉行所の役人の形《なり》をして、護衛についている。

むろん、直之進だけではない。真剣な顔つきの佐之助も加わっていた。

南町奉行所を出てしばらくは、なにもなかった。唐丸籠《とうまるかご》に座しているお吟はうつむき、じっとしている。まるで息すらしていないように見える。

——果たして来るか。

来るにちがいないと直之進は思っている。

――罠だと知っていても、あの男のことだ。意地でも姿を見せるだろう。

あの男と戦うために、直之進は佐之助と入念な打ち合わせをした。

――きっとやれる。大丈夫だ。

高ぶりそうになる心を、直之進は落ち着かせた。

やがて行列が京橋《きょうばし》に差しかかったとき、直之進は妙な気配を嗅いだ。頭が重くなってきたのだ。

――近くにいるな。

思った瞬間、眼前の建物の二階に一人の男があらわれた。

「やつだ」

直之進が叫ぶと同時に、庄之助が二階から飛び降りてきた。

直之進は庄之助に向かって走った。佐之助も駆けている。

直之進は抜刀し、庄之助に斬りかかった。佐之助が横から刀を払う。

庄之助が佐之助と対峙した。

「きさまから血祭りに上げてやる」

庄之助が刀を恐ろしい速さで振りはじめた。それを佐之助がかわしていくが、かわしきれず、いくつか傷を負った。だが、さすがに佐之助だけのことはあり、深手を負うことはない。

手出しをしたいが、直之進はじっと我慢していた。

庄之助があらわれた際、佐之助が囮としてまず戦うのは佐之助自身が望んだことだ。邪魔はできない。

そして佐之助が庄之助の強烈な斬撃を受け損ねて足を滑らせ、地面に倒れ込んだ。

「死ねっ」

怒号して庄之助が刀を大きく振り上げた。

今だ。

直之進は突っ込んだ。無我夢中で刀を横に払った。

手応えはなかったが、庄之助の刀が佐之助に振り下ろされることはなかった。

ついに足を滑らせて倒れ込んだ佐之助にとどめを刺そうとして庄之助は刀を振り上げた。そのとき腹に鈍い痛みを感じた。

——なんだ。

驚いて見ると、腹が横に斬り裂かれていた。血とはらわたが出てきている。

――なんと。

それでも刀を佐之助に向かって振り下ろそうとした。

だが、力が入らない。全身がひどくだるくなっている。

――ここで俺は死ぬのか。

どうやらそうらしい。

庄之助は覚悟を決めた。決めるしかなかった。不意に、島の風景が脳裏によみがえってきた。黄金色に染まった夕焼け雲を映す紺碧《こんぺき》の海に、悠然と泳ぐ鯨の姿があった。

これが銛《もり》だったら、と庄之助は刀を手に二階屋から飛び降りたときに思った。銛を持つと、生き生きする。鯨と戦っているときの高揚感は今も忘れられない。

――あのときが一番よかった。俺はなぜ江戸に帰ってきてしまったのだろう。

恩赦と聞いて小躍《こおど》りしてしまったのだ。

――ああ、島に帰りたい。鯨と戦いたい。

お吟を救い出したら島に帰ろう、と庄之助は決意した。

その直後、庄之助の意識の糸は音を立てて切れた。

大左衛門を殺そうと秀士館に庄之助が来たとき、刀を振り上げた庄之助に、わずかに隙ができるのを直之進は見てとった。

隙といっても、ほんの一瞬もないのだが、どういうわけか、庄之助はためをつくる癖がついていたのだ。

佐之助を囮にして直之進は、ひたすらその一瞬だけを狙っていた。

そしてついに庄之助を倒した。今は骸《むくろ》となって直之進の足下《あしもと》に横たわっている。

しかし、これまでにこんなに強い敵はいなかった。二人がかりとはいえ、倒せたことが今も信じられない。

——とにかくよかった。

直之進はその場にへたり込みそうな心持ちである。

「うまくやったな、湯瀬」

佐之助が直之進を褒める。疲れた笑顔をしていた。

唐丸籠から、お吟が悲しそうな目で、庄之助の死骸を見ているのに直之進は気づいた。唐丸籠がなければ庄之助の骸にすがりつきたそうな顔をしていたが、同時にどこかほっとしているようにも見えた。

——気持ちはわからぬでもない。この兄にはさんざん振り回されてきただろうからな。

直之進には、お吟にかけるべき言葉は見つからなかった。

とにかく終わったという事実だけが、直之進の胸中に残った。

八

霊岸島《れいがんじま》にやってきた富士太郎は、お吟こと雪谷蔦代がこれから乗るはずの船を入堀《いりほり》の中に探したが、この時季には珍しく、まるで瀑布《ばくふ》を思わせるような雨が降りしきり、深い霧がかかったようにあたりがひどくけぶっているせいで、しかと船の位置を確かめることはできなかった。

「さて、お吟の乗る船は、いったいどこにいるのかな……」

富士太郎はつぶやいたが、その声は笠を激しく叩く雨音にかき消された。

雨脚があまりに強すぎて、船の姿は相変わらず見えない。

「ほんと、なにも見えませんねえ」

横に立つ珠吉が、ぽつりといった。珠吉も富士太郎と同様に蓑《みの》を着込み、笠をかぶっている。

「うん、見えないねえ」

「もう少ししたら、この雨も弱まるような気がしますけどね」

笠を傾けて、富士太郎は西の空を眺めた。

「あっちの空も、少しは明るくなってきたかねえ。いや、そうでもないねえ……」

厚い雨雲に空は覆われたままだ。

「旦那、こんな日に、本当に島に行く船が出るんですかい」

「出るはずだよ。別に嵐が来ているわけじゃないからね。珠吉も、これから天気はよくなるって思っているんだろう」

「ええ、思っていますよ」

「珠吉の勘は、よく当たるからね」

「でも、ひどい怪我を負ったせいで、あっしの勘も鈍ったかもしれませんよ」

「そんなことがないのを祈りたいね。しかし珠吉」

顔を転じて富士太郎は呼びかけた。

「今日は本当に大丈夫かい。こんなに強い雨の中、突っ立っていたら、体が冷えて傷に障るんじゃないかい」

「なに、大丈夫ですよ」

にこりと笑って、珠吉が富士太郎を見上げてくる。

「布団に横になっているのも、もう飽きましたからねえ。ひどい雨の中とはいえ、こうして他出《たしゅつ》できるのは、もううれしくてしようがないですよ」

顔をほころばせて珠吉がいう。

「それならいいんだけどさ。しかし、本当に珠吉はずいぶん長く眠っていたねえ」

そのせいですさすがにやせてしまっており、珠吉の肩の骨は着物を高く突き上げている。

「ですから、当分もう寝なくても済むかと思ったんですが、人というのは、夜になれば眠くなるようにできているんですねえ」

感心したように珠吉が笑った。

「おいらは夜よりか、昼餉を食べたあとが、いちばん眠くてたまらないよ」

少し雨が弱まってきたようだ。そのことを富士太郎は、雨が笠を叩く音で知った。

「この分なら、もう少しで上がるかもしれないね。ところで珠吉は、今からいうことを知っているかい」

「今からいうことですかい」

興を覚えたらしく、珠吉が富士太郎を見上げてくる。

「ほら、よく流人船《るにんぶね》というじゃないか。実際にそんな船はなくて、流人が乗り込むのは伊豆七島《いずしちとう》を巡る五百石積みの廻船《かいせん》だってことを、珠吉は知っていたかい」

「えっ、そうなんですかい」

びっくりしたように珠吉が目をみはる。

「ああ、やっぱり知らなかったかい」

富士太郎はにこにこと笑んだ。

「ええ、知らなかったですねえ」

富士太郎を見て、珠吉が認めた。

「長いこと捕物の世に身を置いてきましたけど、そいつは初耳ですねえ。流人が乗る船を見送りに来たのは、これが初めてですから、あっしが知らないのも無理はないのかもしれませんが……」

「えっ、そうなのかい。珠吉は、今日が初めてだったのかい」

「ええ、さようで」

珠吉がうなずき、間を置かずに富士太郎に問うてくる。

「廻船ということは、流人は荷物と一緒に島に運ばれるんですかい」

「うん、そうだよ。船にはそんなに大勢は乗せられないらしいけどね。多くても七、八人だそうだよ」

「それでも、荷物と一緒ではやはり窮屈でしょうねえ」

「まあ、そうだろうね」

「女も、荷物やほかの流人と一緒にごろ寝なんですかい」

「いや、武家と女は、ちゃんと別の部屋が与えられるそうだよ」

「ああ、それはよかったですね」

珠吉がうれしそうに笑う。少ししわ深くなったかもしれないが、笑顔を目《ま》の当たりにできて、富士太郎もうれしかった。

ほんの十日ばかり前にお吟に対する裁きがあり、八丈島への島流しに決まったのだ。

今日が島流しの船が出る日である。

さらに雨が弱まってきた。今は、ほとんど小降りになっている。

いつしか上空《じょうくう》も明るくなってきた。じき雨は上がるだろう。

「あっ、旦那、船が見えますよ」

珠吉が弾んだ声を発した。富士太郎は面を上げた。

幕が上がったかのように、二町ほど先の入堀に停泊している船が、富士太郎の目にも映り込んだ。

「珠吉、お吟の姿が見えるかい」

目を凝らして富士太郎はきいた。

「あれじゃないですかね」

大きな声でいって、珠吉が手を伸ばす。

「垣立《かきたつ》のところに立っているのは、女でしょう」

「女なら、まちがいなくお吟だよ。今回の流人で、女はお吟だけらしいからね」

富士太郎は懸命に目を凝《こ》らした。だが、すぐに首を振った。

「駄目だね。残念ながら、おいらには見えないよ」

「えっ、旦那はあれが見えないんですかい」

意外そうに珠吉がいう。

「その言葉は、このあいだ米田屋さんにもいわれたような気がするねえ。目が悪いのはやっぱり損だねえ」

富士太郎はぼやいた。空が晴れて、青いところが見えてきた。

「あっ、船が出るみたいですよ」

「ほんとだね」

「旦那、これからどのくらいの日数をかけて八丈島に行くんですかい」

「二ヶ月以上と聞いたことがあるよ」

「えっ、そんなに」

富士太郎を見て珠吉が絶句する。

「珠吉、そんなに驚いて大丈夫かい」

富士太郎はまた珠吉にたずねた。

「傷に障らないかい」

「なに、大丈夫ですよ」

珠吉がにこりとした。

流人を乗せた廻船は、ゆっくりと湊《みなと》を出ていく。

七年前に庄之助が島送りになったとき、と富士太郎は思った。

――きっとお吟はここから船を見送ったんだろうね……。

ふう、と富士太郎は息をついた。

――今度は、お吟がその島に行くんだねえ。

町奉行所の吟味役の取り調べを受けたお吟は、恒五郎を毒殺したことをあっさりと認めた。人を殺した以上、本来なら死罪だが、女の身であることから罪一等《つみいっとう》を減じられ、島流しに決まったのである。

富士太郎と珠吉は、お吟を乗せた船が見えなくなるまで見送った。

「ああ、行っちまったね」

もうすっかり雨は上がり、海はすっきりと凪《な》いでいる。

「ええ。お吟は八丈島で生きられますかね」

「さて、どうだろうかね。女の身では、さすがに鯨は捕れないだろうしね……」

「島での暮らしは、江戸の者では想像がつかないほど過酷だって、耳にしたことがありますよ」

「そんな暮らしがお吟に待っているのか。かわいそうだけど、人を殺してしまった以上、責めは負わないといけないからね」

「まあ、そうですね……」

富士太郎はまた空を見上げた。厚い黒雲は東へと去り、空はいつしか晴れ渡っていた。

「さあ、珠吉、帰ろうか」

富士太郎は珠吉をいざなった。

「ええ、そうしましょう」

すぐに珠吉がうなずく。富士太郎は珠吉と連れ立って歩きはじめた。

ここからなら、八丁堀の組屋敷は、目と鼻の先である。

もちろん、富士太郎は珠吉の歩く速さに合わせてゆっくりと足を進めた。

「それにしても珠吉、元気になって本当によかったよ」

笑みを浮かべて、富士太郎は珠吉に語りかけた。

「あっしは、なんとしてもくたばるわけにはいかなかったんですよ」

生死の境をさまよった者とは思えないほど強い声で珠吉がいった。

「なにしろ、あっしは旦那のお子をこの手に抱くまで死ぬわけにはいかないんですから」

「うん、あと少しで智代は産み月だよ」

「さいですねえ。あっしは、旦那のお子をこの手に抱く。その一念で、ひたすらがんばったんですから」

「ほんとに珠吉の精神力は大したものだよ」

「でも、何度も死神らしい者があらわれて、あっしを誘おうとしたんですが、あっしはその者の頭や顔をぶん殴って、抗ったんですよ」

「ええ、そんなことまでしたのかい」

それを聞いて富士太郎は目を丸くした。

「さいですよ。あっしは決して死ぬわけにはいかないって、思ったんです。だって死んじまったら、旦那にも二度と会えないってことですからね。あっしはそんなのはまっぴらごめんでしたから」

その珠吉の言葉を聞いて、富士太郎は泣き出しそうになった。いやすでに、涙が頬を濡らしていた。

「旦那は相変わらず泣き虫ですねえ」

そういう珠吉も涙を浮かべている。

「珠吉、こんなにうれしいときは、号泣したっていいんだよ」

「旦那はあっしのために涙を流してくださっているんですから、あっしもうれしいですよ」

目を赤くしながらも、珠吉はにこにこしている。

「珠吉、もうじき、うちに着くよ。智代が腕によりをかけて、おいしいものをつくっておきますっていっていたから、期待してもらっていいよ」

「そりゃ、うれしいですねえ」

珠吉が喜びの声を上げた。

「智代さんは包丁が達者ですからね。いったいどんなご馳走ですかねえ」

「これまでに見たことのないご馳走に決まっているよ。なんといっても、珠吉の快気《かいき》祝《いわ》いだからね。おいらも楽しみでならないよ。おつなさんだけでなく、直之進さんや米田屋さん、倉田どのも来ているはずだよ」

「女房はともかく、皆さんにお目にかかるのも、あっしは楽しみでなりませんや」

やがて、樺山屋敷が見えてきた。こうして珠吉とともに歩いていることが、富士太郎には奇跡としか思えない。

その喜びをしみじみと嚙み締めつつ、富士太郎は屋敷に続く道を歩き続けた。

この作品は双葉文庫のために書き下ろされました。

双葉文庫

す-08-42

口入屋用心棒《くちいれやようじんぼう》

黄金色《こがねいろ》の雲《くも》

2018年9月16日　第1刷発行

【著者】
鈴木英治《すずきえいじ》

【発行者】
稲垣潔

【発行所】
株式会社双葉社
〒162-8540 東京都新宿区東五軒町3番28号
［電話］03-5261-4818(営業)　03-5261-4833(編集)
www.futabasha.co.jp
(双葉社の書籍・コミックが買えます)

【印刷所】
慶昌堂印刷株式会社

【製本所】
株式会社若林製本工場

【表紙・扉絵】南伸坊
【フォーマット・デザイン】日下潤一
【フォーマットデジタル印字】飯塚隆士

ISBN978-4-575-66905-3 C0193
Printed in Japan

鈴木英治
口入屋用心棒1
逃げ水の坂
長編時代小説〈書き下ろし〉
仔細あって木刀しか遣わない浪人、湯瀬直之進は、江戸小日向の口入屋・米田屋光右衛門の用心棒として雇われる。好評シリーズ第一弾。

鈴木英治
口入屋用心棒2
匂い袋の宵
長編時代小説〈書き下ろし〉
湯瀬直之進が口入屋の米田屋光右衛門から請けた仕事は、元旗本の将棋の相手をすることだったが……。好評シリーズ第二弾。

鈴木英治
口入屋用心棒3
鹿威《ししおど》しの夢
長編時代小説〈書き下ろし〉
探し当てた妻千勢から出奔の理由を知らされた直之進は、事件の鍵を握る殺し屋、倉田佐之助の行方を追うが……。好評シリーズ第三弾。

鈴木英治
口入屋用心棒4
夕焼けの甍《いらか》
長編時代小説〈書き下ろし〉
佐之助の行方を追う直之進は、事件の背景にある藩内の勢力争いの真相を探る。折りしも沼里城主が危篤に陥り……。好評シリーズ第四弾。

鈴木英治
口入屋用心棒5
春風《はるかぜ》の太刀
長編時代小説〈書き下ろし〉
深手を負った直之進の傷もようやく癒えはじめた折りも折り、米田屋の長女おあきの亭主甚八が事件に巻き込まれる。好評シリーズ第五弾。

鈴木英治
口入屋用心棒6
仇討ちの朝
長編時代小説〈書き下ろし〉
倅の祥吉を連れておあきが実家の米田屋に戻った。そんな最中、千勢が勤める料亭・料永に不吉な影が忍び寄る。好評シリーズ第六弾。

鈴木英治
口入屋用心棒7
野良犬の夏
長編時代小説〈書き下ろし〉
湯瀬直之進は米の安売りの黒幕・島丘伸之丞を追う的場屋登兵衛の用心棒として、田端の別邸に泊まり込むが……。好評シリーズ第七弾。

鈴木英治

口入屋用心棒8 手向けの花

長編時代小説〈書き下ろし〉

殺し屋・土崎周蔵の手にかかり斬殺された中西道場一門の無念をはらすため、湯瀬直之進は復讐を誓う……。好評シリーズ第八弾。

鈴木英治

口入屋用心棒9 赤富士の空

長編時代小説〈書き下ろし〉

人殺しの廉で南町奉行所定廻り同心・樺山富士太郎が捕縛された。直之進と中間の珠吉は事の真相を探ろうと動き出す。好評シリーズ第九弾。

鈴木英治

口入屋用心棒10 雨上《あめあが》りの宮《みや》

長編時代小説〈書き下ろし〉

死んだ緒加屋増左衛門の素性を確かめるため、探索を開始した湯瀬直之進。次第に明らかになっていく腐米汚職の実態。好評シリーズ第十弾。

鈴木英治

口入屋用心棒11 旅立ちの橋

長編時代小説〈書き下ろし〉

腐米汚職の黒幕堀田備中守を追詰めようと策を練る直之進は、長く病床に伏していた沼里藩主誠興から使いを受ける。好評シリーズ第十一弾。

鈴木英治

口入屋用心棒12 待伏せの渓《たに》

長編時代小説〈書き下ろし〉

堀田備中守の魔の手が故郷沼里にのびたことを知り、江戸を旅立った湯瀬直之進。その道中、直之進を狙う罠が……。シリーズ第十二弾。

鈴木英治

口入屋用心棒13 荒南風《あらはえ》の海

長編時代小説〈書き下ろし〉

腐米汚職の真相を知る島丘伸之丞を捕えた湯瀬直之進は、海路江戸を目指していた。しかし、黒幕堀田備中守が島丘奪還を企み……。

鈴木英治

口入屋用心棒14 乳呑児《ちのみご》の瞳《め》

長編時代小説〈書き下ろし〉

品川宿で姿を消した米田屋光右衛門の行方をさがすため、界隈で探索を開始した湯瀬直之進。一方、江戸でも同じような事件が続発していた。

鈴木英治
口入屋用心棒29 九層倍《くそうばい》の怨《うらみ》
長編時代小説〈書き下ろし〉
八十吉殺しの探索に行き詰まる樺山富士太郎。湯瀬直之進が手助けを始めた矢先、掏摸に遭った薬種問屋古笹屋と再会し用心棒を頼まれる。

鈴木英治
口入屋用心棒30 目利《めき》きの難《なん》
長編時代小説〈書き下ろし〉
江都一の通人、佐賀大左衛門の元に三振りの刀が持ち込まれた。目利きを依頼された大左衛門だったが、その刀が元で災難に見舞われる。

鈴木英治
口入屋用心棒31 徒《かち》目付の指
長編時代小説〈書き下ろし〉
護国寺参りの帰り、小日向東古川町を通りかかった南町同心樺山富士太郎は、頭巾の侍に直之進の亡骸が見つかったと声をかけられ……。

鈴木英治
口入屋用心棒32 三人田《さんにんだ》の怪
長編時代小説〈書き下ろし〉
かつて駿州沼里で同じ道場に通っていた鎌幸に用心棒を依頼された直之進。名刀の贋作売買を生業とする鎌幸の命を狙うのは一体誰なのか？

鈴木英治
口入屋用心棒33 傀儡子《くぐつし》の糸
長編時代小説〈書き下ろし〉
名刀〝三人田〟を所有する鎌幸が姿を消した。湯瀬直之進はその行方を追い始めるが、そんな中、南町奉行所同心の亡骸が発見され……。

鈴木英治
口入屋用心棒34 痴《し》れ者《もの》の果《はて》
長編時代小説〈書き下ろし〉
南町同心樺山富士太郎を護衛していた平川琢ノ介が倒れ、見舞いに駆けつけた湯瀬直之進。だがその様子を不審な男二人が見張っていた。

鈴木英治
口入屋用心棒35 木乃伊《ミイラ》の気
長編時代小説〈書き下ろし〉
湯瀬直之進が突如黒覆面の男に襲われた。さらに秀士館の敷地内から木乃伊が発見される。だがその直後、今度は白骨死体が見つかり……。

鈴木英治

口入屋用心棒36

天下流の友

長編時代小説〈書き下ろし〉

上野寛永寺で、御上覧試合が催されることとなった。駿州沼里家の代表に選ばれた湯瀬直之進の前に、尾張柳生の遣い手が立ちはだかる！

鈴木英治

口入屋用心棒37

御上覧《ごじょうらん》の誉《ほまれ》

長編時代小説〈書き下ろし〉

御上覧試合を目前に控え、負傷した右腕が癒えぬままの湯瀬直之進。主家と秀士館の期待を一身に背負い、剣豪が集う寛永寺へと向かう！

鈴木英治

口入屋用心棒38

武者鼠《むささび》の爪

長編時代小説〈書き下ろし〉

品川に行ったまま半月以上帰らない雄哲の行方を捜すため、直之進ら秀士館の面々は探索を開始する。だがその姿は、意外な場所にあった。

鈴木英治

口入屋用心棒39

隠し湯の効《こう》

長編時代小説〈書き下ろし〉

秀士館を代表して納太刀をするため武家の信仰も篤い大山、阿夫利神社に向かう湯瀬直之進。だがその背中をヒタヒタと付け狙う男がいた。

鈴木英治

口入屋用心棒40

赤銅色《しゃくどういろ》の士

長編時代小説〈書き下ろし〉

湯瀬直之進の前に謎の強敵現る！　読売屋の養子に入った商人とは思えぬ風格を漂わせる男。ある日、男を探索していた岡っ引きが消えた。

鈴木英治

口入屋用心棒41

群青色《ぐんじょういろ》の波

長編時代小説〈書き下ろし〉

読売の主にして驚異の遣い手、庄之助。そのきな臭さの根源を探り、直之進、佐之助たちが動く。意外な真実が見えてきた……。

鈴木英治

口入屋用心棒42

黄金色《こがねいろ》の雲《くも》

長編時代小説〈書き下ろし〉

奉行所の前で樺山富士太郎が襲われかばった珠吉が斬られた。怒りに燃える直之進らは下手人を追う。そしてついに決着をつける時が来た！

千野隆司
おれは一万石
長編時代小説〈書き下ろし〉

一俵でも石高が減れば旗本に格下げになる、ぎりぎり一万石の大名、下総高岡藩井上家に婿入りした十七歳の若者、竹腰正紀の奮闘記！

千野隆司
おれは一万石
塩の道
長編時代小説〈書き下ろし〉

米の不作で高岡藩の財政は困窮していた。年貢を上げようとする国家老に正紀は反対するものの、新たな財源は見つからない……。

千野隆司
おれは一万石
紫の夢
長編時代小説〈書き下ろし〉

井上正紀は突然の借金取り立てに困惑する。藩の財政をいかに切りつめてもこの危機は乗り越えられそうもなかった……。シリーズ第三弾！

千野隆司
おれは一万石
麦の滴《しずく》
長編時代小説〈書き下ろし〉

菩提寺改築のため、浜松藩井上家本家から、高岡、下妻両藩の井上家分家にそれぞれ二百両の分担金が課せられた。こりゃあ困った！

千野隆司
おれは一万石
無節《むせつ》の欅《けやき》
長編時代小説〈書き下ろし〉

理不尽な要求を斥けられた正棠側は、材木の運搬を邪魔立てするため、正紀たちに刺客を送り込んだ。筏の上で、刃と刃が火花を散らす！

千野隆司
おれは一万石
一揆の声
長編時代小説〈書き下ろし〉

年貢の重さにたえかね、百姓一揆が相次いだ。高岡藩でも、日々の暮らしに苦しむ百姓たちがついに立ち上がった。苦慮する正紀は……。

鳴神響一
おいらん若君 徳川竜之進
仇花《あだばな》
長編時代小説〈書き下ろし〉

世を蕩けさせる花魁篝火は仮の姿、その正体は尾張家の御落胤、徳川竜之進！ 廓を抜け出した竜之進は江戸を騒がす謎の美姫に遭遇する。

誉田龍一　手習い所 純情控帳　泣き虫先生、江戸にあらわる　長編時代小説〈書き下ろし〉

ひょんなことから手習い所「長楽堂」の先生になった三好小次郎は、涙もろい性格で、子どもたちから「泣き虫先生」と呼ばれるように。

誉田龍一　手習い所 純情控帳　泣き虫先生、幽霊を退治する　長編時代小説〈書き下ろし〉

「泣き虫先生」と呼ばれ、子どもたちの人気者になった三好小次郎。そんな折、近所の荒れ寺で幽霊騒ぎが持ち上がる。絶好調第二弾！

誉田龍一　手習い所 純情控帳　泣き虫先生、棒手振りになる　長編時代小説〈書き下ろし〉

手習い所「長楽堂」の先生ぶりも板についてきた三好小次郎は、ひょんなことから棒手振りとなって青物を売り歩くことになる。

誉田龍一　手習い所 純情控帳　泣き虫先生、父になる　長編時代小説〈書き下ろし〉

三好小次郎が師匠をつとめる「長楽堂」に親が消えてしまったという二人の子どもがやって来たが、二人は悪戯ばかりして周囲を困らせる。

藤原緋沙子　藍染袴《あいぞめばかま》お匙帖　あま酒　時代小説〈書き下ろし〉

往診帰り、浅草寺境内で若者に痛めつけられる老爺を救った千鶴。その老爺、平蔵は手相をみる評判の掃除夫で不思議な品格を纏っていた。

平谷美樹《ひらやよしき》　義経暗殺　長編歴史ミステリー〈書き下ろし〉

ある朝、奥州平泉で義経が死んでいた！　自殺と断じるには不審な点が多い。当代随一の秀才清原実俊が導き出した真実は!?

山本周五郎　楽天旅日記　長編時代小説

側室一派に謀られ幽閉同然で育った大吉田藩の若殿順二郎。御家の一大事を受け隠密裡に江戸へ向かう無垢な若殿に世の荒波が襲いかかる！